LA SEMILLA DE ANU. VOLUMEN II: CRONOS
© David Robles Asunción
Diseño de portada: Dpto. de Diseño Gráfico Exlibric

Iª edición

© ExLibric, 2026.

Editado por: ExLibric
c/ Cueva de Viera, 2, Local 3
Centro Negocios CADI
29200 Antequera (Málaga)
Teléfono: 952 70 60 04
Fax: 952 84 55 03
Correo electrónico: exlibric@exlibric.com
Internet: www.exlibric.com

ISBN: 979-13-88255-12-0
Depósito Legal: MA 413-2026

Impresión: PODiPrint
Impreso en Andalucía – España

Nota de la editorial: ExLibric pertenece a Innovación y Cualificación S. L.

DAVID ROBLES ASUNCIÓN

LA SEMILLA DE ANU

VOLUMEN II: CRONOS

ExLibric
ANTEQUERA 2026

Presentación

En la antigüedad, hace decenas de millones de años, cuando los antepasados del planeta Nibiru comenzaron a ser conscientes de su propia existencia, fueron capaces de explorar el espacio.

No solo desarrollaron una tecnología funcional para construir naves, explorar, obtener recursos y conquistar nuevos mundos, sino además llegar a un punto de consciencia suficientemente equilibrado para que la «semilla de los anunaki» pudiera crecer en algún momento fuera de su planeta natal.

Sus antepasados eran muy fieles a un antiguo culto, veneraban a la estrella de su sistema solar. Existían textos sagrados en los cuales explicaba que el Dios Hacedor los creó para dejar su marca en cada planeta de la existencia.

Pero la verdadera razón de explorar el espacio para los líderes de las grandes casas anunakis era otra más oscura.

Su realidad era que existían otras razas desarrolladas en otros planetas y tenían que imponerse a ellas a la fuerza. Estaban absolutamente convencidos de que eran ellos los elegidos, e incluso necesitaron tomar medidas en más de una ocasión, al mediar una convivencia pacífica con otras razas al descubrir un planeta hostil y avanzado.

Fue necesario organizar un imperio para controlar todos los planetas encontrados que llegó a abarcar a más población que el propio planeta Nibiru.

Miles de años después tuvieron que dejar de explorar y reorganizarse, existía demasiada población no nativa del planeta origen y era muy complicado controlar a seres tan poderosos como sus iguales.

Las familias reales se reunieron, de hecho ocurría cada vez con menos asiduidad con el paso del tiempo. Decidieron organizar un atentado a escala planetaria, idearon un enemigo que provenía de la zona salvaje y que se rumoreaba que situó explosivos en varios puntos estratégicos de algunas capitales.

Los fieles a las coronas de su planeta de origen se prepararon para posibles conflictos y los detractores de seguir al yugo de la corona aprovecharon para organizarse desde diferentes colonias en planetas cercanos para plantarles cara.

Todo iba según el plan, el ejército real estaba preparado para un gran mazazo a varios planetas a la vez, o al menos a los grupos más numerosos de traidores.

Fue una masacre, murieron millones de anunakis, en cada planeta donde las colonias prosperaron habían adquirido diversos conocimientos científicos de muchos tipos y en cada situación la civilización se hacía más poderosa en ese sentido. Pero tener un imperio tan extenso generaba desapego a su planeta, los costosos impuestos en piedras preciosas, metales y materiales eran cada vez más elevados, por lo que era cuestión de tiempo que se rebelaran.

Tardaron años en finalizar los conflictos, y seguramente muchos huyeron a otras zonas del espacio para sobrevivir, pero poco a poco los anunakis se organizaron con un gran consejo de sabios.

Usarían la tecnología para los fines necesarios que necesitaran, no volverían a cometer los mismos errores, verían a cualquier anunaki que fuera parte de alguna futura colonia como posible enemigo, no lo considerarían hermano, simplemente un ser inferior nacido para servirles.

Además crearían unos seres con unas cualidades muy concretas, una copia de su especie pero más compacta, ya que serían más fáciles de dominar, con una altura media de 1,8 metros bastaría.

Se enviarían naves con instrucciones para crear mano de obra y una posible fuente de recursos en ciertos planetas. Se organizarían recogidas de materiales y quizá algún cabecilla si fuera necesario para establecerse allí.

Por lo que hace unos tres mil años nacieron las naves semilla, los anunakis disponían de mucha tecnología, la mayoría adquirida de otras civilizaciones. Había un control necesario para no avanzar necesariamente demasiado rápido en ciertos sectores tecnológicos, por lo que la mayoría de investigaciones se llevaba en secreto.

Más recientemente una nave semilla impactó en un planeta con muchas posibilidades, este se formó por la colisión de dos planetas diferentes hace cuatro mil cuatrocientos millones de años, el Proto-Tierra y otro, errante, más pequeño llamado Theia.

El resultado fue el bello planeta en el que Anu despertó más recientemente, lo que nadie tuvo en cuenta fue de dónde provenía el cuerpo celeste Theia y lo que escondía en su interior.

1

Titanes

En un amplio destacamento de un planeta olvidado, reinaba un ser con el propósito de gobernar más allá de lo que estipulaba su mandato.

Su reino dependía de algunas lunas cercanas con una modesta minería y con la posibilidad de controlar algún planeta, teniendo que dar tributo de materiales a su gobierno central en Nibiru.

A sus casi doscientos años se presentó en un planeta que no le pertenecía para forzar un proceso de creación y recolección.

Pretendía saltarse el protocolo establecido para aumentar su cantidad de metales y recursos en la cuota asidua que tenía que entregar a su señor.

Su señor no era otro que un nativo de Nibiru, un miembro del gobierno central que controlaba un sector como otros a su vez le controlaban a él.

Lo que más ansiaban era el oro, preciado y usado en un sinfín de usos medicinales, metalurgia, tecnología... era el pilar de la economía interplanetaria de los anunaki y harían cualquier cosa para conseguirlo, e incluso exterminar a un planeta entero de seres vivos si fuera necesario.

Antes de partir prepararon su nave real, era un «castillo» que levitaba con gran estabilidad y con bastante velocidad sobre la superficie de un planeta sin problemas.

Era majestuosamente grande, de forma cónica y con algo más de sesenta escotillas en decenas de niveles.

Su sistema de energía se basaba en una central nuclear que mantenían en la parte inferior de la nave y refrigeraban con líquido de un planeta conocido como Litarg, el cual tenía la peculiaridad de mantenerse frío con facilidad.

Tenían un centenar de naves similares pero todas más pequeñas, se usaban principalmente como fuertes flotantes, armados con cañones de energía y con un pequeño ejército dentro por si fuera necesario.

En el planeta que reinaba Urano, los millones de habitantes nacieron allí, y así llevan varias generaciones de titanes, que así se denominan sus nativos, es más, Urano era el único titán vivo que ha llegado a estar en el planeta Nibiru.

Su especie, los titanes, vivían unos 250-300 años, algo menos que los nativos de Nibiru de sangre pura, en algunos casos llegaron a vivir hasta los quinientos, pero solo la auténtica familia real y ciertas líneas de sangre llegan a vivir tanto de forma natural.

Tenía un total de diecinueve hijos contando a los bastardos, pero solo cinco de su mujer, actualmente su hijo mayor, Zigurat, está detenido por un intento de golpe de estado y seguramente sentenciado a muerte.

Sus otros cuatro hijos estaban en su presencia, de pie delante de su rey y este les explicó:

—Hijos míos, voy a marcharme a ampliar vuestro reinado, solo espero que pueda lograr parte de lo que tengo en mente y espero que seáis capaces de mantener la antorcha encendida aquí en mi lugar —dijo Urano.

—Yo, como tu segundo hijo en edad adulta, me propongo para ocupar tu lugar, si al resto os parece adecuado —comentó Ezio.

—En mi opinión tendríamos que reinar entre todos, juntos podremos ocuparnos de decidir el bien común de los titanes, organizar las tropas y, con la ayuda de los consejeros, aprender de nuestros errores —dijo Asia.

—A mí no me interesa el mando, no me considero capacitada y no veo positivo dejar las riendas de todo en inexpertos, propongo a Ezio para gobernar —respondió Briseida.

—A mí me agradaría más acompañarlo, padre, soy el menor y veo más productivo que uno de tus hijos vele por tu antorcha estando a tu lado, apoyándote en los años que estés fuera de casa y aprendiendo de ti —susurró Océano.

—Está bien, Océano me acompañará en esta empresa, en lo que respecta a ocupar mi puesto, se lo concedo a Asia, reina de los titanes. Con la condición de que ayudes a encontrar un puesto dentro del consejo sagrado a tus hermanos, en lo que puedan aportar algo a la corona y, si es posible, les agrade —concluyó Urano.

La nave estaba lista, unos cincuenta titanes estaban en ella, incluidos algunos presos por delitos varios que Urano tenía pensado enviar al nuevo planeta para que cumplieran condena como mano de obra.

El plan de Urano era reclamar ese planeta como suyo y hasta ese momento solo lo vigilaban, se supone que desde Nibiru ya había un protocolo marcado e intentaron recoger material hace años sin éxito.

Era su oportunidad de establecerse allí, aunque significara que más seres superiores intentarían hacer lo mismo, habría conflictos en el futuro o quién sabe, igual podría crear un paraíso en un planeta tan bello.

El científico de la nave adaptó tres sondas de gravedad en el exterior de la nave para aumentar su potencia y poder viajar con la nave real a otros planetas, de normal usarían naves más pequeñas de exploración.

Antes de sobrepasar la luna del planeta se activó una baliza de nave semilla, parece que alguien la había destruido.

Una comunicación directa de Nagasi, una de las capitales de Nibiru, apareció en el monitor, exigían la presencia de Urano para realizar un informe.

La central de la comunicación de la nave de Urano detalló en el informe una explosión por razones desconocidas en la zona de la nave semilla, misión incompleta, es necesaria una nueva nave semilla en el planeta.

Lo dieron por concluido con desconfianza, exigían resultados pronto, en cincuenta años enviarían una nave para recoger material.

El biólogo de la nave cónica realizó un reconocimiento rápido del planeta con varias sondas, existían algunos asentamientos con humanoides «inteligentes», no parecían semilla, en total no habría más de diez mil sujetos en la superficie.

Un auténtico fracaso de misión semilla en más de cien años desde que aterrizó la nave en el planeta.

Una vez finalizado el análisis entraron en la atmósfera para iniciar el aterrizaje, directamente en el punto donde estaba la baliza, la sorpresa fue cuando encontraron un semilla delante de una hoguera, este no era otro que Ra (Anu), el semilla que lo cambiaría todo para siempre.

2

Hijos de Anu

Antes del encuentro de Ra con la nave de los titanes sucedieron algunos eventos con los últimos semilla que despertó, educó y preparó para expandir la misión semilla antes de destruir la nave.

Hace algunos años Anu activó el proyecto semilla 2 y, entre otras muchas cosas, sus hijos Zeus y Hera fueron enviados con veinte Zetas de refuerzo a explorar una zona hueca bastante extensa de las minas. Una vez estuvieron armados y con provisiones se disponían a marchar hacia allí.

En el caso de Zeus, portaba una armadura que era básicamente una tela muy resistente de color negro, como el resto de los Zetas, también otra blanca encima con detalles dorados y lucía su hombro al aire donde se veía su estrella.

Portaba un casco algo peculiar, era una diadema en horizontal, similar a una corona, se formaba una zona de protección invisible en la cara si le golpeaban, esa tecnología tenía más funciones como reflejar imágenes en el «cristal» de protección, filtros solares, etc.

Su brazalete era blanco con detalles dorados, el diamante estaba incrustado debajo de la muñeca y si lo alzaba con la mano abierta se activaba una descarga eléctrica, aunque no era un arma muy estable, era eficaz.

Su pareja le acompañaba, Hera tenía una vestimenta similar, pero fucsia y blanco. No tenía brazalete, pero sí era una gran arquera, también usaba ágilmente los cuchillos.

Estos años se convirtió en una buena cazadora, muy leal a Zeus, le seguiría hasta el fin del mundo.

Cuando llegaron a las proximidades del acceso final en las cuevas, los caminos se unían en algunos puntos, decidieron acampar después de ir descartando algunos senderos que no tenían salida.

Mientras dormían, Zeus despertó a un Zeta para proseguir la marcha y poder hacer un reconocimiento en sigilo.

Llegaron al inicio de un pasillo extenso y casi al final había dos guardias algo despistados, uno tallaba un trozo de madera sentado en el suelo, el otro sencillamente se lamía una de las manos que tenía un gran corte.

En un principio hicieron acto de presencia y saludaron a los guardias, pero estos atacaron directamente, mataron a uno de ellos, al otro Delta lo interrogaron.

—¿Por qué no atacáis? —preguntó Zeus.

—Nos desterrasteis, reconocemos tu apariencia, sabemos que eres un creador —respondió Delta.

—¿Esperamos la misma respuesta de tus compañeros si los encontramos?

—Sí, muerte.

El Zeta al final lo mató clavándole la espada que portaba. Levantó la vista y se quedó mirando a Zeus para saber qué harían.

Durante unos minutos Zeus estuvo pensando detalladamente la situación y llegó a la conclusión aparentemente absurda de ofrecerle su armadura blanca, su brazalete y la diadema con una imagen reflejada de su rostro.

El Zeta no entendía el regalo, pues aunque pensaba que el poder de los creadores era digno solo de ellos, no dejaba de ser algo poderoso que no podía rechazar.

Se lo puso entusiasmado, pero Zeus le puso una sola condición, disparar solo cuando estuviera rodeado del enemigo y no viera otra opción que disparar.

Este aceptó y esperó en unos arbustos dentro del enclave hueco, una zona con luz propia, vegetación y fauna algo limitada, pero bastante extensa, que se encontraba aislada en ese lugar.

La zona se iluminaba gracias a unos diamantes que estaban en la parte superior, en la zona más alta de la zona hueca, debido a las propiedades únicas de esos diamantes, la poca luz exterior proveniente de lo alto de la montaña surcaba grietas y surcos hasta proyectarse a través de los diamantes de forma natural.

Esta vez Zeus volvió por sus pasos a donde Hera y el resto de Zetas estaban aún descansando.

Despertó a Hera y le explicó que tenía que advertir a los Zetas que él mismo estaba en el sendero de la izquierda, al final, esperándoles para atacar.

Aunque Hera no lo entendió del todo, esperó a que Zeus se fuera y despertó a los Zetas, estos iniciaron la marcha lo más rápido posible, al llegar a la zona hueca vieron a quien pensaban que era Zeus de espaldas y empezaron a correr.

Divisaron el asentamiento, un pequeño poblado al salir del bosque, iniciaron la lucha entre ellos, extrañamente para los Zeta su creador no hacía nada, solo levantar el brazo y avanzar lo más seguido que podía mientras los Deltas lo rodeaban, hasta que finalmente…

El Zeta quiso atacar, lanzando un rayo al grupo más numeroso, por lo que se inició un zumbido extraño, no funcionaba el arma que le dio Zeus ya que reconocía su ADN, por lo que entró en sobrecarga y, antes de percatarse de ello, explotó.

Murieron muchos alrededor suyo y parte del poblado, por su parte Zeus y Hera huían de la zona de conflicto. Al salir de la cueva y ponerse a salvo se dirigieron a la costa a refugiarse de posibles supervivientes.

Pensaron en sus opciones, podían volver a la nave semilla y reorganizarse, podían volver a las minas e intentar liderar a los supervivientes. Pero deseaban seguir explorando el mundo, sabían la ruta que recorrería Poseidón, por lo que decidieron acudir al puerto donde tenían los barcos y por suerte estaban a punto de partir.

Por desgracia no coincidieron con Enki, sino le hubieran avisado de la situación, se unieron con la expedición de Poseidón y lideraron uno de los tres barcos.

Los navíos eran de madera en su mayor parte, tenían un mástil con una tela especial muy resistente. Disponían de una zona con partes de la nave semilla y unos diamantes incrustados.

Podían cargarse con el sol y ayudarían en la travesía en ausencia de aire, no eran muy potentes, pero sí lo suficiente para generar algo de empuje.

Acompañaron a Poseidón en varios reconocimientos, acamparon en cientos de lugares y pudieron contemplar amaneceres en varios continentes.

Para por fin años después asentarse en un lugar estable, una zona de islas adecuada para establecerse con algunos semilla creados por el nuevo Ra.

En el caso de Enlil y Nintu fue al margen de todo esto, pudieron encontrar un lugar bello donde construirse una cabaña, poder pescar, cazar, plantar un huerto humilde y recoger frutos del bosque.

Envejecieron en ese lugar, tanto ellos como sus descendientes tuvieron contacto con creaciones de Anu en varias etapas de su árbol genealógico y finalmente les afectaron los actos de su «padre», como al resto.

En la ubicación donde Ra formó su asentamiento, y mucho antes, ya lo estuvo contemplando, la idea de seguir una filosofía de alma por parte de Anubis.

Tenían que conseguir consagrar la doctrina de la muerte y la vida de forma escrita, que existieran actos terrenales que fueran consecuentes con resultados después de la muerte.

Sería una forma de crear algo más poderoso que las leyes, una justicia divina la cual sería difícil de eludir a ojos de sus creadores, por lo que serían castigados eternamente o eso creerían ellos.

Tardó muchos años, pero dibujó una religión en su mente y la fue entendiendo a medida que la fue puliendo poco a poco.

Necesitaba algo contundente, más poderoso que los semilla para hacerlo físicamente creíble, pero mientras tanto fue construyendo templos, edificios consagrados a seres poderosos y que los súbditos adorarían.

Cuando apareció el nuevo Ra y el resto de titanes no podía creerlo, era justo la señal divina que buscaba, parecían auténticos dioses y se comportaban como tales.

Entre Ra, Horus y el mismo Anubis idearon la idea simple pero muy potente, tenían que buscar una figura representativa del estado, del ejército y lo espiritual.

Alguien tenía que abarcar todo esto y ser un líder, alguien que fuera digno, seguramente el hijo de alguno de ellos sería idóneo.

Al final decidieron que Ra sería ese líder, también llamado Faraón o Rey en otras partes del mundo.

El señor de la guerra Horus se limitaba a formar a semilla y a sus comandantes, estos semilla no eran tan versátiles como ellos, o al menos no estaban tan educados en la nave semilla, pero eran obedientes y cada vez eran más.

Su destino estaría marcado por decisiones de su padre al igual que sus hermanos, los titanes estaban más preocupados por mano de obra que en ejércitos.

La pareja de Ra, Mut, continuó con el plan de nuestro protagonista, continuó lo que fundaron con ayuda del resto de sus hijos y con el tiempo los titanes ocuparon sus puestos como dioses.

Por tener otras responsabilidades, Ra y Mut tendrían caminos separados a partir de ahora.

3

Anunakis

Una vez desplegados los titanes por el planeta Tierra, Urano buscó una localización escondida para formar su reino, su idea era no solo usar ese planeta semilla para extraer materiales sino como mundo propio.

Según las directrices de los anunaki, no se puede establecer una colonia en un planeta semilla sin la autorización de Nibiru, existen muchas razones, lo han ido asumiendo después de miles de años de administrar planetas, razas y colonias.

Solo cuando los anunaki ven necesario formar una colonia se envía del planeta origen un destacamento y forman una colonia.

A los ojos de los anunaki los titanes que son originales de Titania no son anunaki auténticos, aunque en realidad sí lo son, llegaron a esa luna hace más de mil años como nueva colonia.

Realmente hay algunas diferencias evolutivas, la gravedad, la temperatura, la alimentación, la cantidad de oxígeno… hacen mella en el físico.

También en la edad, dependiendo del planeta donde te establezcas el tiempo transcurre de forma diferente y, aunque se hicieran escalas de tiempo según la rotación de los planetas, no se viven los mismos años en cada planeta.

En Titania, al contrario que Nibiru, se permite la gestación natural, pero si no es perfectamente sano el feto se descarta.

En el planeta Nibiru, dependiendo de la región, son más permisivos o menos, con un sinfín de temas morales, pero la gestación suele estar controlada por el estado mayor.

Los de sangre real son unas pocas familias, con una línea de sangre directa de los dioses que según su tradición fueron los primeros anunaki como tales.

Estos seres majestuosos pueden llegar a vivir quinientos años, no son muy numerosos, pero están dirigiendo el planeta en la sombra y pocas veces se dejan ver en público.

En general los anunaki no engendran hijos de forma tradicional, solo las familias reales.

Su cráneo es ligeramente alargado, pero cada vez menos apreciable, solo las líneas de sangre puras tienen esa peculiaridad.

Su altura solía oscilar entre los 2,50 metros y 3 metros, su cuerpo tenía una gran facilidad para el adiestramiento para el combate y adaptación a diferentes entornos. En algunos casos eran más bajos, tenían problemas físicos o deformidades, pero solían ser desechados al nacer.

Solo los que tengan un material genético óptimo tienen autorización a tener descendencia, si no se cumple ese tipo de leyes, los ciudadanos son perseguidos y descartados a los desiertos interminables del planeta, también conocidos como la zona salvaje.

Generan descendencia en laboratorio mezclando material genético de ambos (los padres), al querer tener hijos. Hay un censo muy controlado de individuos y tienen que dedicar su vida laboral a lo que se les ha encomendado antes de nacer.

Se les prepara para ese puesto desde que empiezan a educarlo o educarla y, al comenzar su etapa laboral en el sector que sea, comparten su jornada con el individuo que por su edad avanzada dejará su puesto en unos meses.

No existe el dinero como tal, en el planeta hay aún zonas salvajes donde no interviene el gobierno central, pero por lo general se cumplen las decisiones del gobierno para la vida cotidiana y en estado de guerra todos los que puedan unirse al combate están obligados a ello.

Si no puedes aportar nada a la comunidad, como alguien de avanzada edad que esté muy enfermo, terminal y sin posibilidad de valerse por sí mismo, debes huir del sistema al desierto, lo mismo ocurre si tienes algún accidente y quedas física o mentalmente inválido.

Diferentes colonias anunaki se han revelado contra ellos en muchos momentos de su historia y nunca han sido derrocados.

Su tecnología no tenía límites, solo la imaginación era superada por las posibilidades que ofrecía su inventiva.

Muchas veces los científicos trabajaban en parte de un proyecto, no en su totalidad, compartían progresos a un superior y así consecutivamente, de forma que no se podía traicionar a la empresa en cuestión para otros fines.

La inteligencia artificial jugaba un papel fundamental en su educación a los más jóvenes.

Se aseguraban de que si sucedía cualquier evento devastador y destructivo en su civilización, siempre existiría algún lugar secreto con un asentamiento y conocimientos de todo lo que han conseguido que prosperaría.

Su alimentación era en su mayor parte comida impresa procesada y un sinfín de variantes establecidas en placas semanales.

Se alimentaban de los mismos menús todas las semanas, estaba todo en un orden equilibrado, exceptuando los días gloriosos, que cada familia cocinaba un lemote como tradición y festividad.

El lemote era una gran ave que vivía en grandes acantilados y zonas altas, se les criaba en granjas desde hace una eternidad.

Había excepciones, las ciudades que tenían zonas de agua cerca y las islas hacían un ritual similar, pero con un pez bastante sabroso.

En los días gloriosos preparaban aguas de luz, un líquido con propiedades magnéticas que usaban como distracción en festividades, podían controlarse a distancia en el cielo y aplicarles colores.

Los anunaki de linaje real tenían un tono de piel que variaba del verde, dorado, plata o bronce, según la familia de la que proceden.

El resto del planeta tenía un tono más entre cremas y blancos, aunque en algún caso nacían con tonos reales.

En el planeta Nibiru existían unos diecinueve mil millones de habitantes, aunque no se censaba la zona salvaje del desierto, por lo que se creía que existía allí una ciudad libre.

Es un planeta colosalmente grande, con solo un gran océano rodeado en su totalidad por tierra, tenía zonas árticas mucho más peligrosas que los desiertos. Lugares contaminados donde en la antigüedad desarrollaron formas de generar energía que dieron paso a desastres naturales sin precedentes, esas ciudades fueron abandonadas y solo quedan hongos que absorben radiación y algunas especies con mutaciones.

Su forma de generar energía más abundante actualmente eran los cristales, son originales en su mayor parte de un sistema planetario cercano. El planeta denominado como Lucer es mayormente su fuente de estos cristales donde almacenan energía, el problema es que necesitan oro para producir su tecnología, entre otras cosas.

Estos cristales también se encuentran en muchos planetas, pero en un porcentaje muy insignificante en comparación al planeta Lucer, donde todo el planeta es de ese material, en diferentes calidades.

La estrella más cercana era lo que recargaba los cristales, tanto en Nibiru como en cualquier viaje intergaláctico siempre disponían de fuente de energía gracias a las estrellas.

En el planeta hay varias ciudades importantes con una construcción central gigantescamente alta, funciona como una ciudad vertical, a su alrededor con edificaciones menores y todo en un terreno construido en un círculo inmenso.

Lo cierto es que los anunaki tenían unas cien colonias espaciales en activo, pueden parecer pocas, pero era un auténtico imperio que era muy complicado controlar, una de esas colonias era la de Titania.

En el pasado hubo muchos conflictos y batallas buscando la independencia de las colonias sin éxito, ellos no lo permiten.

Las colonias no pueden superar cierto número de población, por lo que está todo calculado para que no puedan convertirse en un peligro.

Aunque en Nibiru existe un interminable número de soldados y naves de batalla, el ejército real estaba en zonas secretas, seguramente alguna luna cercana a su planeta natal.

La ciudad de Nagasi era la ciudad que controlaba la colonia (reino) de Urano en Titania, no veían nada especial en la Tierra, era un planeta más para explotar. En unas generaciones verían que estaban equivocados.

4

Buscando el camino

La nave real de Urano sobrevolaba una cordillera de un continente muy extenso, por los estudios detallados del planeta por el equipo de la nave, existe mucho oro en la Tierra.

Han localizado un lugar en el desierto de esa zona donde podrían abrir un acceso al interior de la corteza terrestre. Según los informes de prospección geofísica, hay zonas huecas muy extrañas para formarse de manera natural.

Expulsan tres detonadores especiales, explotan y esos mismos se dividen en otros siete explosivos perforadores.

De la nave real emergen en un costado unas turbinas que suelen tener plegadas abajo y así hacen desaparecer toda la tierra que levantó la explosión.

Al parecer tuvieron éxito, han abierto un gran agujero y se puede ver una zona hueca donde podrían incluso entrar con la nave real, pero primero hay que cerciorarse con una exploración.

En la nave había en ese momento unos cincuenta y seis miembros de la tripulación y la corte del rey, se prepararon veinte tripulantes, en cuatro equipos, en su mayoría exploradores para hacer un reconocimiento del terreno.

Su tecnología era muy avanzada, pero en esa expedición estaba limitada, aterrizaron cerca del agujero y bajaron por un lateral inclinado.

Revisaron toda la cavidad, era una gruta en forma vertical hacia abajo, no fueron los explosivos, eso era hueco de por sí, por algunos perfiles se pudo ir bajando de forma pausada y con cuerdas.

Al bajar la pared vertical tres equipos desaparecieron en la oscuridad por diferentes túneles, la arqueóloga Rea era la que organizaba la exploración, se tomó su tiempo revisando el equipo una vez llegaron a una zona firme. De los cuatro miembros que la acompañaban había un militar, dos exploradores y un médico.

El caso de Hyperion era peculiar, era un militar que antes de surgir la actual situación se preparaba para guardia real, un proceso complejo en el que te someten a mejoras para poder controlar un elemento metálico multinacional, pero no pudo finalizar la transición para sustituir a uno de los que protegen a Urano. El cuerpo actual de Ra fue el anterior guardia real, la simbiosis con el metal estaba desactivada, pero el chip implantado seguía en su cabeza. Realmente era una carta que Urano pretendía usar si fuera necesario para combatir.

El médico era algo más bajito que el resto, pero desprendía mucha confianza en la misión, su constitución era fuerte, fiel a Urano y moriría por él.

Los exploradores conectaron el equipo a los demás con sumo cuidado, se iluminaron varias luces en sus pectorales y en algunas articulaciones. Portaban unas pequeñas barras en el cinturón que se extendían, explosivos y la posibilidad de generar ondas al unir las manos de cierta manera para poder aturdir a sus enemigos.

Cuando por fin consiguió llegar el equipo de Rea a la zona más profunda y terminar de descender, uno de los exploradores erró la bajada, al caer se partió el cuello.

Al llegar todos abajo notaron que la temperatura había aumentado considerablemente e informaron de ello al científico de la nave, su nombre era Ceo.

El científico jefe de la nave era de avanzada edad, era menudo para ser un titán y uno de sus brazos le fallaba a veces, servía a Urano sin titubeos en todas sus órdenes, pero siempre le advertía cuando no era una buena idea hacerlo.

La líder de la expedición era Rea, una aventurera nata que veía por fin su oportunidad de viajar a otro planeta. Se preparó en antropología y arqueología interplanetaria, aún no tenía una especialidad concreta, pero era muy curiosa, le apasionaba escalar y la espeleología.

Abrió su mochila para sacar un aparato pequeño, lo activó y saltó al suelo, era un dron de caminos, marcaría cada pocos metros con un punto luminoso el camino para poder orientarse y volver sobre sus pasos.

Podía avanzar en zonas rocosas e incluso en paredes verticales con cierta estabilidad, los puntos de luz durarían algunos días.

Continuaron avanzando por una galería en la que podían proseguir con la misión, se escuchaba agua muy lejana y supuraban las paredes gotas de agua.

Después de unas horas andando ya no había cobertura, el dron seguía con Rea y sus tres compañeros.

Un tiempo después advirtieron un desprendimiento de rocas cerca, pero no veían nada por ningún lado aparte del camino que habían escogido, un pasillo que, aunque tomaba cierta curvatura y estaba repleto de estalactitas, de momento podían continuar.

De repente crujió el suelo y los cuatro cayeron de una gran altura, Rea dejó caer su mochila agarrando solo la cuerda, clavó un pico en la pared, procurando sujetarse bien con pequeños garfios situados en las rodillas y los antebrazos.

Solo uno de ellos pudo coger la cuerda a tiempo, el médico pudo sujetarse en un saliente más abajo, los exploradores cayeron al vacío.

Con mucho esfuerzo Hyperion ladeó la cuerda varias veces y pudo refugiarse en unas rocas que sobresalían, no estaba muy lejos de la zona más baja, podría alcanzarla dejándose caer con la cuerda.

Entonces Rea se estabilizó en una roca y pudo preparar un nudo estable para pasarse la cuerda por su arnés y deslizarse a la parte de abajo.

Los titanes se miraron aliviados mientras jadeaban del esfuerzo, el dron por fin consiguió bajar donde se encontraban sus compañeros caídos y les dio un par de vueltas a la sima, donde había un pequeño depósito de agua, pero bastante profundo.

Descansaron un poco al llegar los tres abajo, apartaron los cuerpos de sus compañeros a un lateral y debatieron por dónde continuar. El médico reconoció a los exploradores y habían muerto en el acto por la caída, recogieron sus provisiones muy a su pesar.

Se encontraban en un lugar que claramente ha estado inundado de agua durante mucho tiempo por el desgaste de las paredes, podían ver pequeñas grietas en zonas elevadas donde quizá con explosivos podrían continuar, pero era peligroso.

El impulsivo Hyperion propuso sumergirse y comprobar si había salida por ese depósito de agua, Rea no estaba muy de acuerdo, pero cuando quiso darse cuenta ya estaba quitándose el equipo y zambulléndose.

Los elementos de luz de sus uniformes eran muy útiles bajo el agua, Hyperion pudo orientarse bien y esquivar elementos geológicos. Emergió a la superficie fatigado y pudo descansar.

—Estaba preocupada, ¿pudiste observar alguna salida? —preguntó Rea.

—¡Sí!, pero estaremos justos de aire para poder llegar, he pensado en usar un cable para guiaros —respondió Hyperion.

—Perfecto —dijo Rea.

El médico curó algunos arañazos de Hyperion y pudo descansar un poco, acto seguido usaron un cable muy resistente para que les marcara el camino, una vez pudo llegar a una zona con aire emergió del agua y ató el cable en una estalagmita e hizo dos estiramientos muy exagerados para que notaran algo sus compañeros y así continuaran.

Una vez llegaron los tres al otro lado, unieron fuerzas para traer todo el material, lo tenían bien amarrado, las tres mochilas con el cable y con mucho esfuerzo consiguieron sus pertenencias.

Al llegar no se percataron enseguida, pero una vez adaptados a la poca luz pudieron observar detenidamente con las linternas el espacio que les rodeaba, estaban en una cueva singular, claramente con paredes trabajadas lisas y algunos símbolos a modo de directrices o escritura.

La capitana Rea observó detenidamente todos los símbolos y calcó en un papel alguna palabra que por definición era la más repetida en el texto, sería más fácil de analizar y buscar su origen.

Continuaron por el pasillo y notaron una brisa cada vez más fuerte, no tan caliente como en la gruta anterior, además parecía del exterior, el ambiente no estaba tan cargado.

En un instante vieron cómo una luz roja les cegó de forma muy agresiva, tanto que tropezaron y cayeron al suelo desorientados. Al abrir los ojos vieron todo borroso durante un rato y divisaron a su alrededor que todo había cambiado, la superficie inmensa alrededor suyo era ahora una zona llana de suelo liso de un gris oscuro con alguna roca sobresaliendo. No se alcanzaba a ver el final de nada, pero aunque el techo era similar, también oscuro y totalmente liso, lo más extraño fue una escalera que divisaron a una gran distancia que emergía hacia arriba.

El equipo se miró entre sí muy desconcertado con lo ocurrido y al médico le pareció aún más intrigante que en lo más alejado de donde alcanzaba la vista existía una tenue luz del suelo al techo que se podía divisar de forma horizontal en cualquier dirección.

Cuando por fin se levantaron del suelo aún escuchaban un pitido repetitivo, cada vez más tenue, hasta que fue prácticamente un simple zumbido inexistente, pero ahí estaba, continuo.

Comenzaron a andar en dirección a las escaleras sin perder tiempo, tardaron muchas más horas de lo que en un principio parecía a simple vista llegar a ese lugar.

Llegó un momento que tuvieron que detenerse y descansar, no entendían nada de lo que estaba pasando, su vista solo alcanzaba poco más que esas escaleras de piedra, no había nada a su alrededor, era todo negro.

Al llegar por fin pudieron observar que eran muy anchas y trabajadas. Lo desconcertante fue que dos seres la custodiaban, no parecían seres vivos, eran de metal y les brillaban los ojos.

Estaban esculpidos con diferentes piezas de varios metales, tenían partes huecas a la vista y eran auténticas obras de arte.

En ese momento de confusión Hyperion se giró para ver sus pasos y el dron aún les seguía, pero su rastro de luces desapareció tras de él, ¿dónde se encontraban?

Se dirigieron a las escaleras y los guardias cruzaron dos lanzas de forma simultánea, se dibujó una imagen estremecedora en su camino, sin moverse prácticamente nada.

Por mucho que Rea intentara hablar con ellos no se inmutaban, ni tampoco eran capaces de moverlos.

Como último recurso Hyperion activó un explosivo y se lo lanzó, uno de ellos lo desvió al suelo y el gemelo lo chafó con su pie de forma coordinada. Se escuchó una explosión debajo suyo, retumbó el habitáculo, pero no les afectó en lo más mínimo, ni siquiera han parpadeado ni girado la cabeza aún.

Antes de darlo todo por perdido, Rea cogió carrerilla, extendió su barra en el suelo y realizó una acrobacia por encima de ellos, aterrizando con estilo en dos escalones.

Los guardias giraron solo sus cabezas de forma pausada y, mirándola, se apagaron temporalmente. Aprovecharon Hyperion y el médico para cruzar entre ellos.

Continuaron subiendo las escaleras, eran muy pronunciadas e interminables. El leve zumbido continuaba presente, pero ya no pensaban en ello, se habían acostumbrado y no le daban importancia.

El viento cada vez era más intenso, llegaría un momento que no podrían continuar, pero al fin alcanzaron el último tramo de las escaleras.

Una vez arriba, continuaron por el túnel corriendo donde se divisaba una luz al final, estaban ansiosos de salir de ese lugar, pero al llegar se quedaron petrificados.

Un acantilado interminable podía verse a ambas direcciones, el saliente por donde se asomaban tenía una escueta cornisa, al mirar abajo solo podían ver agua, un tramo bastante profundo de un río subterráneo.

Existía una forma de cruzar y continuar el sendero a la otra cueva, pero era un tramo de piedra muy fino, no se le podría llamar puente, se rompía solo de mirarlo.

El primero en cruzar fue Hyperion, lo hizo sin la mochila, con mucho cuidado por la gran fuerza del aire, tenías la posibilidad de ser arrollado en cualquier momento.

El siguiente fue el médico, él sí pasó con la mochila, casi resbaló a mitad de tramo, pero consiguió llegar.

Finalmente Rea agarró un tramo de cuerda que dejó su compañero de camino al otro lado y ató las mochilas, ellos dos tiraron de la cuerda con varias brazadas y pudieron recogerlas.

El puente comenzó a crujir, por lo que Rea no perdió el tiempo, se ató otro tramo y se dirigió corriendo al otro lado, con cada paso se destruía la mayor parte de la piedra, hasta casi llegar al final donde se rompió por completo, dio un gran salto y sus compañeros le ayudaron a subir unos metros estirando la cuerda.

Una vez se pudieron sentar, de la oscuridad brotó un vendaval extremadamente fuerte, tanto que retrocedieron por sus pasos, giraron por el suelo, les arañó la cara e incluso acabaron cayendo al abismo del barranco.

Mientras gritaban de horror durante un leve periodo de tiempo despertaron en el suelo de una gran sala metálica, la capitana Rea se levantó de un salto y observó el entorno, allí estaban la mayoría de miembros del resto de equipos, en una condición similar a la de ellos.

Se abrazaron algunos y discutieron otros por malas decisiones, al final Rea tuvo que imponerse y que se aclarara qué había ocurrido.

Les sucedieron cosas muy diferentes a cada grupo, no veían lógica ninguna, pero estaban solo diez al final vivos.

Después de ponerse al día, notaron que algo vibraba en el ambiente, con el paso de los minutos se hizo más fuerte e inquietante.

Esa vibración cesó, para dar paso a una voz tétrica que emitía sonidos y palabras que no entendían.

Unas cien palabras después, cada vez entendían más lo que escuchaban, parecía antiguo y familiar, llegó un momento que lo fueron comprendiendo.

—Soy Cronos, mi análisis ha dado con vuestra forma de comunicación, datos antiguos, pero puedo desarrollarlo con facilidad —dijo Cronos.

—Dinos quién eres y por qué no podemos verte, esto es muy extraño, ¿dónde nos encontramos? —preguntó Rea.

—Primero tenéis que pasar unas pruebas, después os informaré de lo que podáis entender, en los parámetros de la respuesta. En primer lugar, ¿quién lidera el grupo?, y ¿a dónde os dirigíais antes de llegar aquí? —respondió Cronos.

—Yo soy Rea, en estos momentos lidero este grupo de exploradores, nuestro propósito era buscar información sobre este planeta y posibles zonas accesibles por debajo de la corteza terrestre. A su vez estamos a las órdenes de Urano, que es nuestro rey —dijo Rea.

—Parámetros incompletos… Rey… ¿es padre?, ¿es vuestro padre, verdad? —preguntó Cronos.

—No… es quien lidera nuestro planeta en la actualidad, es quien nos trajo a este desconocido lugar y nos mandó bajar aquí, es a quien servimos ciegamente a sus órdenes —respondió Rea.

—Es vuestro líder, entendido, y ¿os consideráis formas de vida inteligentes?, sois orgánicos y podéis morir con facilidad, ¿verdad? —preguntó Cronos.

—Mmm… pues supongo que sí lo somos, aunque a no ser que seas una inteligencia artificial, supongo que tú también lo eres, ¿cierto? —dijo Rea.

—No soy una inteligencia artificial, soy un ser vivo, pero no soy tampoco orgánico, no sé si sabréis entender lo que soy, pero necesito más datos —respondió Cronos.

—Esto es una pérdida de tiempo, necesito saber cómo salir de aquí y exijo verte cara a cara, estés donde estés muéstrate —dijo Rea.

Unos segundos después apareció a lo lejos una gran bola roja irregular que giraba sobre sí misma para desplazarse, se dirigía a ellos a gran velocidad y de repente frenó en seco a pocos metros.

Parecía estar fabricado de metal, se fracturó en varias partes que se extendieron a su alrededor como tentáculos que se formaban.

En ese ser se podía ver auténtica conciencia real, cuando finalizó de moverse se dibujó lo que parecía un rostro rodeado de máquinas, también le brillaban los ojos con fuego y volvió a hablar con voz orgullosa.

—Soy yo, Cronos —dijo Cronos.

5

Cronos

Los diez visitantes que tenía Cronos no albergaban razones para estar allí, querían irse del lugar en cuanto fuera posible, pero antes tenían que averiguar quién era Cronos y qué era ese lugar misterioso.

—¿Quién eres exactamente o qué eres? —preguntó Rea.

—Soy un creador de vida autómata, una forma sencilla de comprender lo que sería que fabrico seres vivos con aleaciones de metales y sangre de planetas vivos —respondió Cronos.

—Los planetas no portan sangre, ¿te refieres a lava o a alguna parte de su núcleo? —preguntó Rea.

—No insultes mi inteligencia, los planetas están vivos igual que tú lo estás, otra cosa es que no entiendas la información compartida —respondió Cronos.

—Entonces ¿quién te creó a ti?, ¿cuál es tu misión en este lugar? —preguntó Rea.

—No tengo datos de quién me creó, pero conocía vuestra forma de comunicación o alguna variante similar, se podría decir que vuestros ancestros me podrían haber creado hace muchas vidas vuestras. ¿No tenéis conocimiento de los autómatas? —respondió Cronos.

—Nunca escuché ese término ni vi nada parecido a los guardias de antes si te refieres a eso como «autómatas». Nuestra tecnología no usa máquinas hechas de metal imitándonos, no hay, digamos, «robots» con aspecto anunaki. Sí que usamos robótica en ciertos departamentos tecnológicos de nuestro día a día, con funciones repetitivas y con ayuda de inteligencia artificial en muchos casos. También tenemos drones como el que nos estaba siguiendo —respondió Rea.

Pudo observar Cronos el dron que les marcaba el camino y, con una atracción fija en ese aparato, lo atrajo hasta él fugazmente por el aire y se lo comió.

Todos los presentes lo vieron asombrados, aunque no entendían lo que había pasado.

—Yo diría que vuestra tecnología es una evolución de la mía de alguna forma, pero en cierto modo se ha degradado con el paso de los siglos, seguramente cientos de miles de años —dijo Cronos.

—Me parece muy interesante, pero… ¿cómo podemos salir de este lugar? Necesito que nos des respuestas ¡ya! —exigió Rea.

—Como ya te he dicho, primero superaréis unas pruebas por el mero hecho de ser dignos de continuar o por mi curiosidad para tener más datos. Elegid, podéis iros si uno de vosotros muere —respondió Cronos.

Se quedaron desconcertados y uno de ellos, llamado Alexis, dio el primer paso para ofrecerle un combate, si ganaba les dejaría pasar.

—Está bien, pero si mueres volveremos a la misma situación de antes, solo te advierto de que pocas armas pueden afectar a mis autómatas —dijo Cronos.

En ese momento escucharon unos pasos, se dirigía a ellos un ser metálico con una gran hacha, su arma finalizaba en punta y no se apreciaban los dos ojos, solo tenía una ranura horizontal con dos puntos de luz.

Se detuvo en seco delante de Alexis y agarró su hacha. Comenzó de lado a lado a embestir al aire con ella mientras el guerrero la esquivaba con soltura.

Por un momento casi le acierta bajando el arma al suelo, pero consiguió evadirse y continuar.

Después de varios movimientos, intuyó que los autómatas al parecer repetían siempre las mismas combinaciones de ataques, era muy rápido, no tenía emociones, sí, pero no tenía instinto de improvisar.

El soldado saltó nuevamente esquivando el hacha, esta vez clavada en el suelo, pudo subir por ella y a continuación por su brazo para alcanzar su cabeza.

Se quedó quieto en ese lugar mientras Alexis no dejaba de intentar averiguar su punto débil observando el cuello, la cabeza, las ranuras…

Al fin resbaló y cayó al suelo, este cometió otro ataque, esta vez acertó, pero, en asombro para Rea, Alexis tenía un escudo de energía que apareció en su brazo izquierdo en forma de triángulo.

El autómata no cesó de hacer presión con su arma hasta que finalmente desapareció el escudo y mató al guerrero de varios hachazos, hasta que Cronos levantó un tentáculo mecánico y lo detuvo.

—Volvemos al punto de partida, ¿dejaríais que alguien muriera para salvar al resto? —preguntó Cronos.

—No veo necesidad de este juego retorcido, ya has tenido un entretenimiento con mi compañero, hemos perdido a uno de los nuestros, ¿no te parece suficiente? —respondió Rea.

—Yo no tengo ninguna prisa, vosotros, sin embargo, tenéis necesidad de iros de este lugar, sois vosotros los que tendríais que replantearos vuestras prioridades —dijo Cronos.

—Pues nuestras prioridades serían salir de aquí, necesitamos informar, ya casi no tenemos provisiones —contestó Rea.

—¿Vosotros ingerís comida orgánica? No computable… qué interesante, claro, supongo que si sois seres orgánicos tenéis que comer, muy interesante —respondió Cronos.

En un momento de rabia Ezio dio un paso y comenzó a correr hacia Cronos, Rea le gritó que no lo hiciera. Al llegar enfrente suya saltó, extendió los brazos y unió sus manos activando la onda de choque, que más que un arma era para defenderse.

Por un momento la poca iluminación de la interminable sala parpadeó varias veces y Cronos por un momento se apagó, pero al instante inició su sistema y, mientras Ezio aterrizaba, este lo devoró sin contemplaciones.

—Sois seres compuestos muy interesantes, vuestro material me será útil para recoger datos, bueno, proseguimos, ¿queréis morir uno voluntariamente para que los demás puedan irse? —preguntó Cronos.

Ya quedaban ocho miembros y Rea empezaba a estar preocupada por la situación.

El resto del equipo discutía por quién entregarse, parecía el único modo, mientras tanto Rea caminaba y pensaba alguna solución.

Al alejarse de la zona donde ocurrían los hechos llegó a un punto en que pudo divisar un castillo de piedra, se accedía a su entrada por un sendero que apareció delante suya, entonces tuvo una idea, volvió cerca del grupo delante de Cronos para hablarle.

—¿Esto es real? —preguntó Rea.

—Define real, ¿qué quieres decir con eso? No computable —respondió Cronos.

—¿Eres el responsable de las visiones que hemos tenido en este lugar?

—Es mi forma de manipular seres pensantes para mis propósitos, en vuestro caso fue mi forma de poder entenderos y encontrar vuestra frecuencia. Las escaleras siguen ahí, solo se apagó el camino de regreso para que no volváis.

—¿Se apagó el camino?

—En el momento en que finalicéis mis peticiones os lo mostraré —respondió Cronos.

Entonces, sin pensarlo ni un momento, Rea dio el primer paso hacia Cronos pensando que se la comería, se dirigió a él mientras el resto le gritaba, ella no escuchaba nada.

—Está bien, soy tuya, deja a los otros marchar con vida de aquí —dijo Rea.

La verdad es que a Cronos le sorprendió esa decisión, pero igualmente cumplió lo acordado y los dejó marchar.

Se iluminó toda la estancia de forma instantánea, hasta ahora solo podían ver ciertas zonas de forma muy oscura.

Se podía ver un castillo de piedra con diferentes torreones, más zonas de escaleras y lo más perturbador, cientos de soldados autómatas quietos en diferentes zonas del lugar.

—A vosotros siete os guiará este autómata por un acceso más sencillo a la superficie, si volvéis ateneos a las consecuencias —advirtió Cronos.

Mientras se marchaban del lugar Rea le preguntó varias cosas a este extraño personaje y se convirtió en una conversación muy interesante.

—Me prometiste que me lo explicarías, necesito saber cómo llegaste a este planeta y de qué manera puedes crear ilusiones en nosotros —dijo Rea.

—Mi memoria está incompleta, pero en algún planeta alejado de este sistema solar hubo una batalla para conquistarlo, en esa batalla vuestros antepasados se enfrentaron a los nativos y los exterminaron. Parte de esa tecnología pudieron recuperarla e investigarla años después en otras colonias cercanas y en algún punto de estas investigaciones fui creado —respondió Cronos.

—¿Y cómo llegaste a este planeta? —preguntó Rea.

—Lo único que puedo comunicarte al respecto es que mis creadores originales tenían una forma de transporte algo diferente a vuestras naves intergalácticas, para enviar nuestra tecnología a otros mundos nos disparaban como si fuéramos meteoritos a otros puntos de la galaxia. En mi caso me estrellé con un planeta errante que viajaba por la galaxia, hasta que lo atrapó la gravedad de esta estrella, por lo que al final colisionó con este planeta y se fusionaron —explicó Cronos.

—Realmente es una historia fascinante… ¿y ahora qué harás conmigo? —preguntó Rea.

—Mi razón de ser era estudiaros, ya analicé a varios de tus compañeros, me interesaban más vuestras decisiones que el hecho de tener que desvivir a uno de vosotros voluntariamente. Por el momento quédate aquí, me interesa saber más de vuestra cultura y tecnología, muy pronto podrás volver con tus compañeros si lo deseas —respondió Cronos.

Los compañeros siguieron al autómata y consiguieron salir a la superficie a respirar aire puro. La zona por donde salieron eran unas montañas cercanas a la nave, por suerte, se dirigieron allí dejando el autómata quieto en la entrada.

Cuando volvieron a tener cobertura de transmisión se comunicaron con Ceo para dar el parte de todo lo acontecido en ese lugar, pareció sorprenderle la transmisión.

—¿Dónde estabais? Llevabais casi trece días fuera sin dar señales de vida —preguntó Ceo.

—Es largo de contar, pero conseguimos salir siete al final, te pondremos al día en cuanto lleguemos a la nave, mientras tanto intenta averiguar algo de los autómatas en información remota sobre tecnología —respondió Hyperion.

Consiguieron llegar sin problemas a la nave, al llegar se accionó la puerta en una zona de la base y una rampa se deslizó para poder entrar a la nave, tuvieron una revisión médica y un interrogatorio individual.

Al día siguiente Ceo tuvo una reunión con Urano, le expuso los hechos aparentemente fascinantes de que existió una tecnología que no se desarrolló en su momento por verla desfasada y poco rentable.

Alguna civilización extinta ideó una forma de fabricar máquinas con vida y conciencia reales, la cual aprendía, evolucionaba e incluso logró crear sus propias creaciones, los autómatas.

Los anunaki finalizaron los proyectos creados porque no veían viable controlar algo semejante y se abandonaron en lugares recónditos.

—¿Esos autómatas qué peculiaridades tienen?, ¿son funcionales ahora mismo? —preguntó Urano.

—Parece ser que sí, hay miles de ellos, podría usarlos como un ejército si juega bien sus cartas. Los controla el ser en cuestión que se hace llamar Cronos y parece complicado poder controlarlo —respondió Ceo.

—Me reuniré con mis consejeros y pensaré en alguna solución, mientras tanto voy a comunicarme con mis hijos para que me pongan al día —concluyó Urano.

6

Exilio

La comunicación de Urano con su hija Asia en Titania tardaba más de lo normal, pero por fin dio con ella.

—¿Algún problema, hija mía? Infórmame de todas las novedades —pidió Urano.

—Sí, algo muy grave está ocurriendo y hemos tomado cartas en el asunto, padre. Nos hemos tenido que organizar en todas las naves posibles para evacuar nuestro hogar, unos cuantos miles de titanes hemos conseguido abandonar el planeta con éxito —respondió Asia.

—¡Qué! Dime lo que ha ocurrido ahora mismo, ¿dónde estáis? —exclamó Urano.

—Un traidor te ha vendido a la ciudad de Nagasi y estos han dado parte al gobierno central de Nibiru. Ha sido mi propia hermana Briseida, tu hija, la que nos ha traicionado. Por suerte la descubrieron a tiempo para iniciar un exilio con el único objetivo plausible posible… la Tierra. Por desgracia no había bastantes naves, reinó el caos, hubo muertes y nos salvamos los que pudimos. Tu hijo Ezio fue muy importante en las decisiones necesarias, hubieras estado orgulloso de él, pero por desgracia ha fallecido en toda la operación —explicó Asia.

—¿Pero qué ha sido de nuestra colonia?, ¿cuál ha sido su destino? —preguntó Urano.

—Todos muertos, padre, naves de Nagasi han bombardeado nuestro diminuto planeta y ha quedado la ciudad destruida. Con suerte las zonas subterráneas habrán sobrevivido y algunos exploradores de los bosques de piedras (montañas). Nos dirigimos a la Tierra, somos cinco naves llenas en su mayoría de civiles, espero que no llevemos la desgracia a tu plan de trasladarnos allí de forma permanente con este hecho catastrófico que nos persigue —respondió Asia.

—No te disculpes, has hecho lo mejor para toda esa gente que te acompaña, es vuestra única oportunidad de sobrevivir. Te mando las coordenadas de aterrizaje para que estéis cerca de nosotros —dijo Urano.

A mitad de camino detectaron algunas naves por los flancos de varios frentes que les esperaban en el espacio, tres naves realizaron maniobras de evasión y dos se enfrentaron a ellas.

No eran naves pensadas para combatir, tenían potentes escudos y otras maniobras para eludir combates, pero algo tenían que hacer.

Los dos capitanes que las dirigían se pusieron de acuerdo, una de las naves concentró toda su energía en su amplio campo de fuerza y dentro de ese campo de fuerza se encontraba la otra nave, que pudo concentrarse en todo su armamento para atacar a una de las naves.

A su vez las otras tres naves enemigas atacaban y se defendían de forma individual, por lo que una de ellas fue derrotada por la nave titán.

Las dos naves anunaki restantes se dirigieron a perseguir las otras tres titánicas que huyeron antes.

Eran mucho más veloces y las alcanzaron, consiguieron disparar y acertar una nave, dando por sentado que ganarían la batalla aun siendo dos contra cuatro.

Las cuatro naves titánicas rodearon a las dos anunaki, todas activaron sus escudos al máximo y comenzaron a comunicarse exigiendo rendición.

Una de las anunaki inició una cuenta atrás para detonarse sin que ellos lo supieran, portaba un detonador especial pensado para cubrir una gran zona en el espacio y realizar mucho daño en conjunto.

Pensaban destruirse para cumplir su objetivo y llevarse todas las demás naves por delante.

Los titanes exigieron su rendición inmediata y que huyeran por cápsulas de escape de la nave. Cumplieron la petición, las naves se quedaron sin ocupantes y la cuenta atrás continuaba.

La nave de Asia y otras dos continuaron hacia la Tierra, la nave restante se encargó de abordar las naves y adquirirlas.

Cuando pudieron entrar en la nave modificando el protocolo de acceso ya era demasiado tarde, estalló una zona blanca de luz que destruyó las tres naves, alcanzando en parte a la de Asia y las consecutivas.

La onda expansiva alcanzó a las naves justo antes de pasar el satélite de la Tierra, esto afectó a su trayectoria, se chocaron sutilmente las tres naves y se dirigieron de forma brusca al planeta donde nuestros protagonistas se encontraban.

Entraron en la atmósfera con graves daños y acabaron estrellándose en un bosque cercano, próximo a la nave de Urano. Bajó una expedición liderada por Poi a investigar los restos y buscar supervivientes, apagaron los fuegos del accidente, inmediatamente después comenzaron a buscar heridos.

Pocos titanes soportaron el accidente y otros menos sobrevivieron los días posteriores, la hija de Urano finalmente falleció de las heridas.

Miles de camillas improvisadas se desplegaron por el terreno colindante, montaron enormes carpas sujetadas al suelo con barras y enganches.

Los seguimientos de los heridos pudieron hacerlos algunos drones médicos que sobrevolaban las carpas.

En los casos graves tocaba subirlos a la nave para intervenirlos en cirugía, serían momentos muy difíciles para los titanes, habían menguado considerablemente en número y no tenían una estrategia en mente.

Se reunió con el consejo de inmediato y decidió buscar a cinco miembros de la tripulación para volver a interactuar con Cronos, esta vez jugaría su última carta.

Si esto no salía bien esperaría en ese asentamiento con la única ayuda de Ra y un posible ejército de semillas para respaldarle.

Esta vez Urano bajaría con ellos y dejó a su hijo Océano al mando con el apoyo de su séquito real de consejeros y el general de la guardia, un excelente militar.

Los seis se enfundaron con las protecciones que pudieron prevenir, Hyperion era uno de ellos, así que les guio.

Al llegar a la entrada por donde pudieron escapar anteriormente, el autómata seguía allí, Hyperion intentó pasar despacio por un lado de la entrada, el autómata cruzó su lanza para bloquearlo, Urano por su parte se acercó al autómata sin hacer caso a sus compañeros y se dirigió a él:

—Soy Urano, necesito hablar con tu señor.

El ser metálico levantó su lanza y volvió a su posición anterior, al instante se apagó como una vela. Para Urano era emocionante esta aventura, aunque ha perdido prácticamente todo lo que le importaba en la vida, se sentía jovial e iría a por todas.

Al llegar al castillo subterráneo todos los autómatas se encendieron al mismo tiempo, creando un lugar amenazante.

Por fin vieron a Cronos, no estaba en el mismo lugar donde lo dejaron y era algo diferente, cuando se movía parecía que su cuerpo podía albergar diferentes formas, como si los tentáculos metálicos se unieran o separaran según necesitara.

Por fin lo vio de cerca Urano y estaba atónito con lo que veían sus ojos… una supuesta creación de sus antepasados que ha sobrevivido hasta el día de hoy.

—Soy Urano, el líder de estos compatriotas, conociste a otros miembros recientemente y quería proponerte una cosa —dijo Urano.

—Advertí a tus queridos compatriotas que si volvías lo pagaríais caro —respondió Cronos.

En sorpresa de todos los presentes, Cronos se apartó a un lado, separándose en varias partes y se dejó ver un autómata algo torpe que cojeaba, se dirigía cerca de los invitados y portaba un reloj de arena bastante grande.

Al llegar donde ellos, lo posó en el suelo y lo hizo girar, se podía ver una gran cantidad de arena dorada que brillaba con belleza.

El autómata volvió por donde había venido y se tropezó un par de veces.

—Tenéis hasta que finalice esta medida de tiempo para convencerme de lo que sea que queráis hablarme —dijo Cronos.

El rey suspiró, miró a sus acompañantes fijamente, en especial a Hyperion, por lo que le dijo sabía perfectamente de qué pie calzaba Cronos y lo que podía llegar a hacerles.

Levantó la vista, miró fijamente a Cronos con sus ojos morados y le propuso…

—¿Fuiste creado por la raza anunaki hace cientos de miles de años? —preguntó Urano.

—No computable… pues seguramente sí, pero no puedo darte una cantidad de tiempo exacta, tu raza me creó en un 80 % de acierto —respondió Cronos.

—¿Dirías que debes fidelidad a tus creadores o, por el contrario, sientes ira hacia ellos? —preguntó Urano.

—No existiría sin ellos… No computable… Tengo un respeto hacia ellos y lo que representan, mis creadores en la eternidad —respondió Cronos.

—¿Serías fiel a mi persona?, ¿me seguirías en mis decisiones? y ¿me defenderías de mis enemigos? —preguntó Urano.

—Los tuyos habéis invadido mi castillo de piedra, les costó mucho esfuerzo y tiempo a mis autómatas construirlo. No sé aún si sois dignos de colaborar los unos con los otros —respondió Cronos.

—Tratándonos como iguales sería un paso, aprenderíamos el uno del otro y quizá podría llegar un momento en que hubiera un entendimiento mutuo —dijo Urano.

—Pues… No computable… creo que me estás manipulando con estas preguntas, no confío en ti —respondió Cronos.

—Ten paciencia, quiero hacerte un regalo, me gustaría hablarte de una leyenda de mi mundo, existieron algunos anunakis extraordinarios y sus nombres han perdurado en nuestra cultura miles de años, es un gran honor que te bauticen con sus nombres. Zeus, Poseidón, Hades, Hefestos, Atenea… hay muchos más, pero es por ponerte un ejemplo —dijo Urano.

—No computable… ¿un regalo? Son solo nombres, no veo qué propósito tienen —respondió Cronos.

—Y si te dijera que podrías convertirte en un dios y reinar sobre millones de seres vivos, ¿no te interesaría evolucionar y ascender a otra conciencia? —preguntó Urano.

—No computable… No computable… Estaría interesado en más datos, pero suena interesante, ¿cuál es el proceso que has pensado para cumplir tus parámetros? —preguntó Cronos.

—Primero me tendrías que explicar de una forma simple el proceso de crear a los autómatas, después intentaremos llegar a un punto intermedio entre nuestros entendimientos. Si por alguna razón no confías en mí, nos podrás matar en cualquier momento si te place, ¿te parece interesante? —respondió Urano.

—Es computable… me parece…, acepto tus parámetros y estaría encantado de explicarte cómo fabrico a los autómatas, pero no creo que puedas replicarlo de todas formas —respondió Cronos.

En un momento aparentemente neutral, Cronos fijó su mirada en el reloj de arena y un rayo láser destruyó el reloj de arena, convirtiéndolo en una espiral de cristal.

—Tenemos una forja especial en este lugar por la cual discurre un río de sangre del planeta, algo similar a lo que llamáis «lava», pero algo más particular, solo se encuentra a cierta profundidad y para manipularlo se necesitan unas condiciones concretas. En algunos planetas con ciertas condiciones peculiares existe la posibilidad de construir una forja y realizar estas creaciones, pero, como ya os comenté, es una tecnología obsoleta a vuestros ojos —explicó Cronos.

—Me parece fascinante, pero necesito que concretes más la fabricación de tus creaciones, me gustaría saber cómo les das vida —dijo Urano.

—Uso la forja para manipular las aleaciones deseadas en las proporciones adecuadas, se necesita un martillo complejo, el cual es una máquina pensante en cierta manera. Por sí solo no funcionaría, pero en mis manos se iluminan unas runas, estas runas firman unos códigos en el metal, los cuales programan al autómata. Les doy la forma deseada, por lo general humanoide, pero también otro tipo de diseños que puedan tener movilidad básica y luego les introduzco la sangre del planeta. Sus propiedades funden el resultado y un fuego interior se enciende, este calor vivo sigue mis órdenes por las runas grabadas en ciertas partes de su cuerpo. Estas runas son un tipo de código que crea movimiento según necesita el individuo para obedecer o defenderse. No tienen conciencia de sí mismos ni de su alrededor, no sienten nada, no se les puede manipular y son prácticamente indestructibles. Cumplen las órdenes que les doy sin contemplaciones ni remordimientos. Son el ejército perfecto, no necesitan comunicarse, si dos luchan contra un objetivo uno sabe cuándo esquivar a su compañero si este arremete contra su enemigo sin hablarse entre ellos. Respecto a cómo los controlo, es similar a una señal de radio, tengo que estar en cierta frecuencia para controlarlos y no demasiado lejos, en algunas circunstancias puedo presenciar un eco de lo que está viviendo el autómata —explicó Cronos.

—Está bien, me hago una idea de tu tecnología y lo cierto es que la considero hermosa, es un gran logro al que no hemos dado la importancia que se merecía en nuestra historia y es una lástima, te pido disculpas por ello —dijo Urano.

—No te disculpes, solo muéstrame tu opción de ascender a otra conciencia, espero que no me hayas mentido sobre ello —respondió Cronos.

—De ningún modo, ahora te lo explicaré, pero necesitaría en primer lugar cuatro réplicas de los héroes que me acompañan, serían versiones en autómatas, del mismo tamaño y rasgos similares —dijo Urano.

—Intentaré construir lo que me pides, empezaría con un sujeto similar a un titán, pero siendo un autómata, uno mejorado para tus propósitos. Lo único que necesito sería uno de tu equipo para comérmelo —respondió Cronos.

—¿Pero necesitas comer? Pensaba que eras una máquina —dijo Urano.

—Son mis exigencias para continuar. Si no podéis, intentad huir y morir en el intento todos —respondió Cronos.

El compañero Hyperion comenzó a caminar sin decir nada, se acercó a Urano y se arrodilló. Al levantarse se dirigió hacia Cronos y fue devorado.

—El pago me ha parecido aceptable, está bien, prepararé los autómatas mejorados, ¿después qué más necesitas? —preguntó Cronos.

—Copiarás tu conciencia a las creaciones, así dispondrás de nuevos cuerpos más versátiles que tu versión actual —respondió Urano.

—No computable… ¿con qué fin? —preguntó Cronos.

—Liderar a la especie inteligente en este planeta como algo superior a ellos, en cierta manera serás inmortal e invencible. Una vez tengas claro que puedes hacerlo, la idea es construir a más sujetos y darles los nombres que te mostré antes, formaréis un selecto grupo de mentes pensantes que podréis dirigir este planeta en la dirección que veáis conveniente, podéis exterminarlos, podéis esclavizarlos, podéis liderarlos o incluso defender su causa si lo veis necesario —explicó Urano.

—No computable… ¿qué ganas tú de todo esto? —preguntó Cronos.

—Mis titanes se encuentran en peligro, un enemigo vendrá a este planeta en cualquier momento, con suerte aún tardarán. Hay varios frentes divididos que podrían enfrentarlos y, si nos unimos, quizá tengamos una oportunidad con tu ayuda —respondió Urano.

—Define «frentes divididos», explícame las opciones a tener en cuenta —dijo Cronos.

—Los semilla se están expandiendo por la Tierra desde hace años y se podrían organizar bajo una bandera liderada por Ra, un titán que fue semilla en otra vida. No sé cuántos semilla podrían ser en total, pero no son demasiado fuertes ni organizados. Los titanes que sobrevivieron al aterrizaje pronto estarán recuperados, serán unos miles de individuos, tenemos una gran tecnología, estamos preparados, motivados y organizados para cualquier cosa. Disponemos de una gran nave de guerra que podemos usar con múltiples opciones de armamento. Luego estáis vosotros, un ejército de autómatas, si nos ayudas podrás liderar este planeta siendo sus dioses para la eternidad —explicó Urano.

—Está bien, los prepararé, organizaré a mis tropas y te entrego estos brazaletes —respondió Cronos.

Un tentáculo de Cronos se dividió en varias partes y giraron sobre sí mismas, aparecieron unos brazaletes dorados con los que los portadores podrían controlar pequeños grupos de autómatas a voluntad.

Justo antes de marcharse, una voz conocida apareció en escena, era Rea, con mucha información que contar una vez llegada a la nave. Se sorprendieron todos gratamente y volvieron a la nave para continuar preparando a sus tropas.

7

Nagas

Se encontraban en Nagasi reunidos en un comité extraordinario del estado 5 del planeta. En cada estado existían dos o tres megaciudades verticales importantes.

Vistos los acontecimientos ocurridos en Titania, no solo necesitaban una base en esa zona, sino que tenían que conquistar la Tierra sin dañar el planeta en exceso.

Prepararon un destacamento especial para organizar un ejército de respuesta en Titania. Sabían que una zona estaba con bastantes instalaciones en pie para organizarse de forma temporal y la resistencia sería mínima.

Serían de la propia ciudad de Nagasi los que irían al satélite del planeta Urano a preparar un segundo ataque en un tiempo prudencial.

De forma especial y poco habitual, una de las hijas de la realeza de ese estado encabezaría la misión: la hija menor de la familia Naga.

Aún seguía soltera Nagi VI, a sus noventa años, retorcida, envidiosa y cruel.

Su piel era de color verde esmeralda; sus intereses se centraban en los venenos y los reptiles, que siempre le causaron gran interés.

Por su estatus en la sociedad tenía responsabilidades de estado, pero nunca le habían entusiasmado demasiado. Esta vez se presentó voluntaria por motivos personales.

Su padre tenía un conflicto especial con Urano: un antepasado suyo asesinó a un Naga y, aunque fue condenado a muerte, si hubiera sido por los Naga, habrían masacrado a toda la familia, pero la ley no estuvo de su lado.

En uno de los puertos espaciales se preparaban diez naves de guerra para ir hacia Titania en breve. Con los últimos preparativos, reclutaban a los soldados, materiales y provisiones.

La líder de la misión, Nagi, realizó un ritual antes de marcharse. Se adentró en el templo real de su familia para despedirse en persona de sus padres.

Le seguían dos escoltas que, llegado el momento, tuvieron que arrodillarse y no continuar: no podían contemplar a los miembros reales de los Naga principales.

Mientras continuaba por el pasillo familiar, fue contemplando diferentes bustos de sus antepasados con sus nombres debajo. Se detuvo en la primera Naga y contempló su belleza.

Continuó caminando sin ninguna prisa, esquivando algún dron que limpiaba el suelo, y por fin llegó a un velo fucsia que cubría la entrada a la siguiente sala.

Se podían ver dos estatuas a tamaño natural de sus padres, al menos de cuando eran jóvenes, y continuó por en medio de ellas.

Por fin llegó a la sala secreta de sus queridos padres. Estaban viejos, agónicos y les costaba respirar.

Su padre estaba muy obeso, usaba máscara de oxígeno con regularidad y tenía diversos cables conectados que controlaban su estado por una máquina hospitalaria.

Su madre estaba algo mejor, pero tenía órganos que fallaban. Necesitaba usar máquinas varias veces a la semana para tener una vida relativamente normal. Estaba prácticamente ciega y usaba un asiento que levitaba para moverse por su palacio.

Los dos tenían su anterior color de piel dorado, apagado completamente por su estado de salud y por no salir al exterior prácticamente para nada.

—Padre, madre, tenéis buen aspecto desde la última vez que os visité. Espero que sigáis siendo afortunados en oro, salud y felicidad —dijo Nagi.

—Te lo advierto: quiero que los mates a todos, quiero todo el oro, quiero que el tal Urano IV sufra sin medida y, una vez hayas conseguido todo eso, asegúrate de que exista una colonia Naga en la Tierra, aunque te cueste la vida en ello. Ten descendencia allí —dijo el padre.

—No confíes en nadie de tu corte. Todos quieren lo mejor para ellos mismos. No seas leal a nadie excepto a nuestra familia —dijo la madre.

—Os prometo que cumpliré vuestra voluntad. Espero que nos veamos en el futuro y, si no ocurriera, os juro que llevaré el buen apellido Naga a lo más alto en la nueva colonia —dijo Nagi.

Se giró y volvió sobre sus pasos. Aceleró la marcha para salir de palacio lo antes posible. Necesitaba salir de allí y olvidar a sus nauseabundos padres. Ojalá se les cayera el palacio encima y murieran de forma lenta, pensó.

Se subieron a las naves unos quinientos soldados y partieron hacia Titania con premura a comenzar su misión.

Mientras, en Nibiru, planeta natal de los anunaki, pasaron varios sucesos al mismo tiempo sin llegar a ser un plan ideado por nadie, ni acontecimientos con un destino divino concreto.

Un gran meteorito se dirigía hacia el planeta. Su trayectoria era otra en realidad, pero solo cinco astrónomos estaban estudiando ese meteorito en concreto. Una serie de coincidencias del destino redujo esa cifra a solo uno de ellos.

El astrónomo, asimilando los nuevos datos, se disponía a contrastar las nuevas mediciones con sus colegas, pero por alguna razón estaban indispuestos por causas mayores y por diferentes motivos.

Insistió en localizarlos de distintas formas: alguno se fue a la misión a Titania, otros estaban desaparecidos y el último colega tuvo un accidente grave; estaba hospitalizado.

Esa noche se hizo muy larga. Meditó de forma pausada si dar parte al gobierno de su investigación. Muchos sectores del mismo asumían que ciertos sucesos eran arquitectura del destino, por lo que daba igual cómo se reaccionara: no había nada relevante en intentar evitarlo.

Por otro lado, la parte del gobierno que realmente tomaba las decisiones no tenía ese punto de vista. Seguramente lo matarían por dar ese comunicado urgente y querer manipular a la población.

Pero lo cierto es que la gravedad de ciertos sucesos concretos había variado su trayectoria y acabaría impactando contra Nibiru en pocas semanas. Tenía que hacer algo a primera hora de la mañana.

Al despertarse tuvo las ideas más claras. Se aseó y se dirigió fuera del apartamento con toda la documentación en su panel digital. Iba hacia un edificio del gobierno para informar en persona, pero al girar la esquina del rellano, un soldado le disparó.

Por supuesto lo estaban vigilando, pero los culpables de ese asesinato no eran conscientes de la magnitud de lo que acababa de ocurrir. Solo decidieron dar ese paso para aprovechar la distracción del planeta por la proximidad del meteorito, no por la colisión en sí.

Debido a diversas decisiones del gobierno central de varios estados del planeta, habían ahogado a muchas colonias por la poca cantidad de recursos ofrecidos a la causa.

Sin ponerse de acuerdo en ningún caso, en cuestión de días y de forma escalonada, las colonias fueron atacando a Nibiru, oleada tras oleada. Por supuesto, no presentaban ninguna amenaza real.

Pero se defendían con poca estrategia en Nibiru. El ejército principal no estaba en el planeta y el equipo actual de respuesta no estaba acostumbrado a frenar ataques tan continuados ni a tener tantas bajas.

Los colonos vieron una oportunidad real de plantar cara por fin y decidieron unir fuerzas organizando una estrategia. Por una vez se crearía una alianza de algunas colonias. No iban a ganar, pero sí harían mucho daño.

Al final, en Nibiru tuvieron que pedir ayuda al ejército externo para acabar con los colonos rebeldes. Estos surgieron de varias lunas cercanas para afrontar la causa.

En plena batalla alrededor de Nibiru y con tanto desconcierto bélico, los astrónomos de algunos estados averiguaron que un meteorito de enormes proporciones se dirigía al planeta de forma inminente. Iniciaron un plan de choque para detenerlo y enviaron una nave que lanzaría un láser que alimentaba la nave para impactar con el meteorito mientras avanzaba hacia él.

Fue agrietándolo de manera muy escueta. Horas más tarde, con el láser continuamente impactando, la nave se aproximaba al astro y, justo antes de colisionar, accionaron un potente explosivo al mismo tiempo que se estrellaban contra él.

El meteorito se dividió en tres pedazos importantes y varios fragmentos que seguían dirigiéndose al planeta.

Como último recurso se ejecutaron naves de emergencia para huir del planeta. Estaban pensadas para un protocolo de ciertos personajes ilustres de cada estado y de familias importantes.

Pero se formó un colapso en las prioridades. Algunos de los seres más importantes del planeta murieron aplastados por la multitud o asesinados por sirvientes.

Se salvó quien pudo. En las naves entraron todo tipo de anunakis; su cultura, su ciencia y su conocimiento se salvaron en esas naves.

Partieron las que pudieron antes de que impactaran varios pedazos del meteorito, pero también había conflictos por la batalla entre varios bandos alrededor del planeta que impedían huir de forma sencilla.

Al final, prácticamente todas las naves fueron destruidas por los meteoritos o por la posterior explosión del planeta.

Una de las civilizaciones y razas más poderosas que ha conocido el universo fue reducida a menos de cien millones de individuos en varios planetas, colonias y lugares recónditos por… ¿decisión divina? Nunca lo sabremos.

Las colonias, en su totalidad, no estaban bien administradas desde hacía tiempo. Muchas estaban demasiado alejadas de Nibiru para tener un control total, más allá de recoger materiales cada ciertas décadas, en muchos casos con rechazo al planeta central, conflictos y muertes.

Se unieron todos los parámetros más insospechados en cuestión de días: ataques de varias colonias a la vez, la amenaza cósmica que se dirigía al planeta y decenas de problemas en colonias menos importantes, como en el caso de la Tierra.

Pero su cultura sobrevivió de diferentes formas, en diferentes planetas, y muchas generaciones después recordarán de dónde vinieron. Por muy buenas razones que tenga una cultura para recordar su historia, depende de quién resuelva el conflicto: se dibujará con un lápiz u otro a los enemigos y aliados.

En este caso concreto, al existir muchas colonias leales a diferentes estados de Nibiru y quedarse aisladas de su planeta, evolucionarán de forma paralela en distintas direcciones.

Años después tendrán batallas entre ellos. Se enfrentarán por creer que sus antepasados eran enemigos o aliados. En cualquier caso, será algo que generación tras generación siempre se repetirá, salvo alguna excepción. Solo acabará con el exterminio o con olvidar de dónde vienen, para empezar de cero.

8

Dioses

El castillo de piedra subterráneo se encontró prácticamente vacío semanas después, todos los autómatas estaban fuera cerca de las montañas con algunos titanes aprendiendo a manejarlos con las pulseras.

Por ciertos protocolos que fallaron en la nave real, el departamento de comunicaciones informó de lo sucedido en Nibiru, faltaba información y no se sabía a ciencia cierta si ocurrió de verdad, pero el planeta ya no existe.

Por lo que sabían su raza estaba casi extinta, aunque las colonias perdurarían sería muy complicado volver a la grandeza anterior.

En su dormitorio Urano descansaba junto a su mujer, este no había dormido nada desde la noticia de Nibiru, por un lado estaba aliviado, pero por otro consideró a las familias reales siempre como auténticos dioses.

Al final se durmió, tuvo un mal sueño:

Se encontraba en su trono en Titania rodeado de sus hijos, reían y festejaban el día de su nacimiento.

Por un momento Océano, su hijo menor, cogió una espada de un guardia y asesinó al resto de hermanos.

Luego miró a su padre y le atacó, este se protegió con su brazo y evitó una herida mayor, pero le generó un buen corte.

Se despertó gritando y lleno de sudor, respiraba de forma compulsiva y se percató de que todo fue una pesadilla.

Se aseó, acto seguido se acercó a comer algo y estaba su hijo Océano ya terminando, se estaba bebiendo una infusión de hierbas.

—Buenas, hijo, ¿qué tenemos para comer hoy? —dijo Urano.

—Pues han estado cazando animales interesantes por la zona y están muy sabrosos, queda algo de vino si lo deseas, pido que traigan más —respondió Océano.

—No te preocupes, me preguntaba qué labor te gustaría realizar en el futuro, somos muy pocos y quizá el mando no sea lo adecuado para ti. Tenemos que centrarnos en repoblar este planeta, si tenemos fortuna no tendremos muchos problemas con más ataques, en cualquier caso lo superaremos y empezaremos de cero —comentó Urano.

—Pues me gustaría explorar las zonas acuáticas algún día, pescar de forma tranquila, trabajar mi propio terreno de cultivos y envejecer con una mujer. Pero hay prioridades más importantes actualmente, no pienses en eso, ya llegará mi momento y podrás nombrar a alguien más adecuado para el puesto —respondió Océano.

En ese momento Océano se levantó de la mesa y se marchó, a Urano le sorprendió siempre lo humilde que era.

Unas horas más tarde fue a ver al científico Ceo, le pidió novedades respecto a los autómatas, necesitaba saber su punto débil.

Tenía tres en la nave de diferente diseño y los había estado estudiando, también había intentado replicar los brazaletes sin éxito, estaban fabricados de la misma forma.

Por lo que parecía sí que eran realmente inmortales, pero quizá el frío intenso en una zona localizada a su alrededor podría frenarlos durante unos minutos.

No eran muy hábiles en el agua, de hecho, si se lanzaban en un lugar profundo no podrían salir de otro modo que andando o escalando.

Pero sí tenían un punto débil, en la zona del talón derecho existía un punto de acceso para administrarles la sangre del planeta.

Este tapón metálico se podría llegar a quitar con las herramientas adecuadas después de congelarlo y seguramente habría éxito si se hace con presteza.

Se sintió aliviado Urano al enterarse de todo aquello, sería una buena baza en su ejército y sí que resultarían invencibles contra sus enemigos.

En el muelle de la nave Urano pidió tres voluntarios para acompañarle a encontrarse con Cronos, así que los cuatro salieron de la nave y se dirigieron hacia las montañas.

Una vez comenzaron a bajar las escaleras, Urano tuvo un mal presentimiento con el resultado de convertir a una máquina pensante en dioses poderosos, pero vio que era la única forma de salvar a su especie.

Al llegar al castillo subterráneo pudieron ver cuatro tronos en piedra y dos dioses sentados allí sin moverse.

Tenían un aspecto similar a los titanes como acordaron en su momento, pero su densidad era mucho más compleja que los autómatas. Sus runas en el cuerpo eran más numerosas, solo con estar en su presencia daban auténtico miedo.

Los dos dioses seguían ahí quietos, con la mirada perdida, parecían meditar en algún lugar de su mente, eran simulaciones del género masculino y femenino.

Continuaron buscando a Cronos por todas las salas del lugar, pero no se le veía por ninguna zona.

Finalmente encontraron la forja, discurría debajo del castillo un río de lava, unos discos redondos enormes eran los moldes y dos autómatas similares a grandes simios mantenían la forja en buen estado constantemente, cambiando moldes o cualquier mantenimiento de la misma.

Era Cronos el único que podía usar el martillo para forjarlos, pero en su lugar vieron allí a uno de los dioses autómatas, se acercaron a su encuentro aunque daba bastante miedo.

—¡Saludos, Cronos…! —dijo Urano.

El autómata se giró mientras estaba inclinado en la forja, sus hilos metálicos en la cabeza recordaban a una larga barba y les contempló con desconfianza.

—Si te parece, te llamaremos Hefesto, dios de la forja, siento que una de tus principales ocupaciones anteriores es lógico que una parte de ti se centre en ello —comentó Urano.

—Dime, anciano, ¿quién es Cronos y qué hacéis en este lugar? —preguntó Hefesto.

Por un momento a Urano se le heló la sangre y veía peligrar su vida, dos de sus guardias se adelantaron a Urano para protegerle en caso necesario.

De una forma muy extraña el autómata comenzó a reír de forma desmesurada y sin sentido.

—No temáis por mí, no voy a haceros daño, disculpad mis modales, aún estoy intentando recordar cómo usar la forja —dijo Hefesto.

—¿Recordar? Por lo que sé, era Cronos el que la usaba y él os creó, ¿tienes sus recuerdos?, era el ser que estaba en este lugar cuando despertaste —preguntó Urano.

—¡Ah!, el bicho bola dices, mi hermano lo mató al poco de despertar, intentó explicarnos algo antes, pero no le dio tiempo —respondió Hefesto.

El dios autómata volvió a girar la cabeza y se centró en la forja, estaba terminando un molde nuevo, lo sacó de allí para que se enfriara.

Los titanes volvieron por donde vinieron y se dirigieron a donde estaban los otros dos dioses. Al llegar allí seguían sentados.

Por un momento dudaron en hablar y se mantuvieron callados, pero uno de los soldados levantó la voz preguntando por Cronos. El dios principal levantó un dedo, con una simple descarga le paró el corazón, este cayó fulminado al suelo.

—He de suponer que no me recuerdas, pero yo hice un trato con Cronos, vuestro creador, él os forjó a partir de una idea mía y, si te parece correcto, pareces el líder y deberías de llamarte Zeus —dijo Urano.

—No tengo recuerdos de vosotros, pero sí muchas preguntas y me gustaría que me las respondieras sin dilación, en este instante —respondió Zeus.

—Responderé a todas tus preguntas, pero desconozco las habilidades que tenía Cronos para poder detallar lo que puedes hacer —respondió Urano.

La diosa se levantó de su asiento y con un gesto hizo entender a Zeus que iba a probar a seguir ella la conversación con Urano y que se callara.

Con sus manos rodeó la parte de arriba de la cabeza de su invitado y cerró los ojos, tardó bastante rato, pero pudo ver fases de recuerdos en su mente, cada vez más claras.

Su conejillo de indias la miraba con mucha curiosidad, estaba diseñada claramente como un ejemplar femenino de su especie y dentro de lo posible era muy bella.

—En tu caso te haremos llamar Atenea, si os parece bien, por supuesto —dijo Urano.

—¿Tenías ya los nombres pensados, verdad?, lo hablaste con Cronos —comentó Atenea.

—Muy cierto, así es. La idea era dar vida a más dioses, pero creo que estamos en buen camino respecto a mis expectativas sobre vosotros.

Hicieron llamar a Hefesto para hablar los cuatro y ponerse al día con la nueva información, unas horas después Atenea se acercó a la zona del castillo donde esperaron pacientemente los titanes.

—Por el momento jugaremos a tu juego, te apoyaremos en tu plan respecto a reorganizarte, liderar las especies inteligentes que te sirven y protegeros de los enemigos. Pero tendrás que tener en cuenta nuestro punto de vista, no sabemos cuánto tiempo funcionaremos, por lo que sé hasta ahora pueden ser miles de años. Vosotros, mortales, podéis llegar a reproduciros con el paso de los años, siglos y milenios. En edad pacífica seguramente poblaréis todo el planeta y os tendréis que someter a nuestro juicio en el caso de que veamos necesario castigaros —dijo Atenea.

—Me parece muy lógico lo que me dices, es digno de una diosa esa reflexión —respondió Urano.

—Perfecto, estoy satisfecha con la conversación... por cierto, no soy estúpida, tienes conocimiento del punto débil de los autómatas... —añadió Atenea.

La cara de Urano cambió de color y se quedó con la boca abierta...

—Nosotros no tenemos ese punto débil, pero no soy tan vengativa como mi hermano… Zeus, ¿dices, no?, me parece curioso que nos hayas puesto nombres, pero lo aceptamos. Mi hermano Hefesto no saldrá mucho del castillo, dirigirá la fragua, quiere voluntarios titanes para que le ayuden, quiere enseñarles a fabricar armas y armaduras. En mi caso iré a vuestra capital, intentaré ayudaros en todo lo posible, no te preocupes por tu misión, saldrá bien y prosperaremos —continuó Atenea.

En ese instante Urano se dio cuenta de que Cronos había creado cuatro personalidades totalmente distintas entre sí, todo esto era culpa suya, pero no difería demasiado de lo que sabía que ocurriría.

—Lideraré a tu gente, tenemos mucho que aprender de nuestras habilidades, como dices no sabemos exactamente cómo nos creó Cronos, pero Hefesto no tardará en averiguarlo y podrá crear a más dioses —dijo Zeus.

Al salir todos de las cuevas, bajaron por el sendero de piedra, con rocas frágiles y puntiagudas a los lados, al ir bajando eran prácticamente escaleras naturales, por suerte no resbalaron demasiado.

Una vez en tierra firme, Zeus agarró una piedra, la más dura que pudo encontrar, y la destrozó con una mano, el polvo le resultó atractivo, levantó la vista al cielo y continuaron el camino.

Los que se encontraban en los campamentos cerca de la nave real veían llegar a los seis y los dioses brillaban de una manera muy especial.

Antes de llegar al campamento, Urano intentó comunicarse con Ra, llegó el momento de replegarse y unir fuerzas, en principio no daba señal, pero lo volvería a intentar en la nave, aun así recibirá un aviso en su brazalete parpadeando cuando hagan contacto.

Todos los titanes se organizaron en las proximidades a la nave real, los supervivientes de la huida de Titania, los que ya estaban en la propia nave y la gran mayoría de autómatas, alineados en un ejército improvisado.

Los supervivientes del aterrizaje forzoso al final no superaron los mil seiscientos titanes, en total, contando los de la nave que acompañaban a Urano y los que apoyan la causa de Ra, serían algo más de diez mil en todo el planeta.

Sí que es cierto que estaban en diferentes ciudades en distintos continentes, además, sin contar las primeras creaciones de Anu dispersadas por zonas insospechadas.

En el caso de los autómatas muchos no llegaron a salir del castillo de piedra, pero en la superficie había unos trescientos prácticamente idénticos en diseño.

El científico Ceo tomó la palabra y explicó a los dioses de forma extensa el origen de la raza anunaki, su procedencia, sus costumbres, su tecnología y lo ocurrido recientemente.

También detalló el funcionamiento de los autómatas según sus investigaciones, no dijo en ningún momento que ellos eran también autómatas por orden de Urano, ya que podían sentirse insultados.

Pudo averiguar que había autómatas arqueros, soldados con espadas, con lanzas y otros que se usaron concretamente para mover peso y construir, podrían ser útiles en las ciudades.

Mientras les ponían al día, de un sinfín de información para ver las opciones que tenían, Zeus pudo fijarse en una tormenta cercana, un relámpago cayó en un árbol partiéndolo por la mitad y prendiéndolo fuego.

Levantó la voz y exigió reclamar el cielo como suyo, quería el poder del rayo en la palma de la mano, para poder usarlo para defenderlas si fuera necesario. La ironía es que ya tenía esa habilidad en cierta manera, pero muy limitada y no sabía controlarlo.

Los dioses fueron sometidos a diferentes pruebas de resistencia, como altas y bajas temperaturas, descargas eléctricas, daño físico, rayos láser…

La conclusión de Ceo fue que, si se inmovilizara de forma continuada a un dios y se aplicaran muchos tipos de temperaturas extremas diferentes, se podría dañar su estructura, pero antes de eso habría que destruir las runas de su cuerpo. Al llegar a cierto límite de presión se encendían y reconstruían la zona afectada.

Ya de por sí los dioses serían poderosos, indestructibles, con conciencia propia de ellos mismos y una fuerza considerable.

Exigieron que el conocido como Ra hiciera acto de presencia para unirse a la batalla que estaba por venir. Ellos buscarían un lugar con la nave real para que construyeran un templo para ellos.

Viajaron por diversas localizaciones, llegando a una zona de islas montañosas interesantes, había ya construcciones de los llamados semilla.

Aterrizaron y pidieron reunirse con el líder de aquellas islas, Zeus Semilla hizo acto de presencia orgulloso.

Los dioses lo miraron en silencio, preguntándose si era un insulto o un detalle que se llamara Zeus, se presentaron al tal Zeus como sus dioses y buscaban construir un templo digno de establecerse allí para que les adoraran.

Los semillas estaban al corriente de los titanes, de hecho en ese lugar había dos de ellos ayudándoles, aceptaron a los nuevos dioses y les ofrecieron un templo cercano en lo alto de una montaña, era un lugar con pilares de mármol precioso, pensado para honrar a los titanes irónicamente.

Lo llamaron Olimpo y exigieron también siete tronos en una plataforma de piedra, los autómatas no dormían, no se alimentaban, pero querían poder descansar dignamente en sus tronos.

El dios Zeus se quedó en ese lugar a meditar, esperaría a la batalla el día que llegara, probaría sus habilidades a su manera.

En el caso de Atenea regresó con la nave al campamento, había mucho que organizar, en algún momento tendrían que iniciar la construcción de un hogar nuevo.

Al llegar pudo fijarse en que estaba bien organizado, los titanes finalmente montaron los campamentos en el castillo subterráneo, estaba bien escondido y protegido.

La nave real pudo posarse en la parte de arriba de la cordillera, encontraron una zona similar a un cráter y estaba bastante camuflada.

El ejército de autómatas limitaba en hilera con las zonas de rocas, hacían guardia rodeando la montaña esperando órdenes.

La diosa Atenea tuvo una reunión con Urano, Ceo y un arquitecto llamado Ictino, juntos tuvieron una gran discusión en las prioridades.

—En el caso de que tu hermano consiga crear otro dios podremos expandirnos más rápidamente para defender más territorio —dijo Urano.

—No creo que esa sea nuestra prioridad, pero en ello está sin duda, ya pudo crear algo similar a nosotros, pero no ha podido darle vida. En cuanto tenga éxito serás el primero en saberlo, respecto a nuestras prioridades pienso que tendríamos que construir una ciudad tomando esta montaña como base, hay fuentes de agua cercanas —respondió Atenea.

—Sí, pero es desierto lo que nos rodea, desde luego puedo modificarlo creando un pozo subterráneo improvisado, de cualquier forma tenemos varias opciones de hacerlo habitable, no hay problema —comentó Ceo.

—En cuanto lleguen los semillas tendremos más ayuda para poder iniciar la construcción, recomiendo ir consiguiendo materiales y adelantar lo máximo posible, ya tengo un proyecto preparado para lo que necesitamos —añadió Ictino.

—Perfecto, por cierto, Ceo, localiza a Ra, no consigo comunicarme con él, necesito que vuelva cuanto antes. Ten preparado el metal para su implante neuronal, necesitamos que el cuerpo que ocupa vuelva a ser lo que era antes, un guardia real —ordenó Urano.

Unas horas más tarde el rey disfrutaba de un tiempo tranquilo con su hijo, estaba cerca de la entrada de la montaña con algunos titanes.

El único hijo vivo de Urano estaba presentándole a una compañera que le agradaba, era una joven e ingenua analista de datos de la nave, pero muy atractiva.

Su padre consintió la relación, algún día quizá formarían una familia y podría llegar a tener nietos, aunque no continuara su linaje real, al menos su hijo podría ser feliz.

En ese instante notaron una sombra en el horizonte, no hubo tiempo de reaccionar, decenas de naves anunakis estaban en el cielo acechándoles.

Algunos titanes que hacían guardia con los autómatas tomaron cartas en el asunto y los accionaron para que los arqueros prepararan un ataque.

Las flechas eran finísimos hilos de metal con puntas pronunciadas y unas guías en la parte de atrás muy escuetas.

Al tensar los arcos, decenas de autómatas apuntaron a las naves y justo antes de lanzar estas se prendieron fuego, esto cogió por sorpresa a todos los presentes.

Lanzaron un ataque aparentemente simple, pero las flechas lanzadas atravesaron los escudos de las naves y destruyeron seis de ellas.

Atacaron las naves restantes sin piedad a la zona de la montaña, el escudo por suerte estaba activado y protegió parte de la misma, hizo algún derrumbamiento en el interior sin mucha gravedad, aunque murieron once titanes, entre ellos Urano y su hijo.

Al levantarse el polvo, Hefesto y otro misterioso personaje salieron a la superficie, este señaló las naves y explicó algo aparentemente inoportuno dada la situación, aunque es cierto que a los autómatas no les afectó el ataque de las naves.

La nave real hizo acto de presencia y accionó un único disparo potente que destruyó la mitad de las naves que aún estaban en el aire.

—Ahora, hermano —dijo Hefesto.

Otro dios apareció al disiparse el polvo, agarró a un autómata que tenía una gran hacha y lo arrojó de forma devastadora, destruyendo otra nave.

Las pocas naves que esquivaron los ataques huyeron en la confusión, muchos salieron de la montaña a buscar a Urano, no quedaron muchos cuerpos reconocibles, pero iniciaron los preparativos para darles sepultura.

Algunos científicos se reunieron con el nuevo dios y, por una curiosidad que presentó por el planeta, preguntando ciertos datos sobre su composición, le llamó la atención que la mayoría fuera agua y que esta tendría que ser gobernada. Le adjudicaron el nombre de Poseidón.

Uno de ellos disponía en el almacén de un pequeño sistema de modificar el estado del agua, servía para acceder al fondo marino o evitar tsunamis, lo introdujo en una vara metálica y amplificó su potencia en gran medida con un cristal. Le entregó el obsequio a Poseidón, este fue sin perder tiempo a practicar a un río cercano.

Está claro que volverían más, había que prepararse para lo peor, se repartieron pistolas láser a todos los titanes y algunos capitanes usarían los brazaletes para controlar los autómatas.

Una plataforma que levitaba, que solía usar el rey Urano para actos públicos, se encontraba en la nave y vieron apropiado regalársela a los dioses, Atenea dispuso de ella encantada y reunió a Hefesto y Poseidón para dirigirse al encuentro de Zeus a presentarle su nuevo hermano.

Por alguna extraña razón la plataforma marcaba cuatro tripulantes, tardarían en darse cuenta, pero alguien les observaba.

9

Brotes divinos

La resistencia con la que se toparon en Titania las naves de Nagi, después del primer ataque realizado por los anunaki tiempo atrás, era superior a lo esperado y hubo una gran batalla, aun así los anunaki ganaron sin problemas.

Una vez se establecieron allí, antes de iniciar el ataque a la Tierra, se enteraron de lo ocurrido en Nibiru, a Nagi le afectó bastante, estuvo llorando esa noche desconsolada.

Ese acontecimiento la cambió de alguna forma, no podía creerlo, consideraba a su especie auténticos dioses y el universo era suyo, ¿cómo podía ocurrir esto?

Mientras tanto, en la Tierra la misión semilla era todo un éxito, Ra y sus hijos cumplían su cometido, los semilla construían edificaciones, templos, monolitos, murallas, recogían metales y todo lo que fuera necesario.

Advirtió que su brazalete parpadeaba una luz, pero no hubo éxito de comunicación, decidió reunir a diez semillas armados y embarcarse en un navío volador que diseñó Atlas con un cristal de energía.

Pudieron surcar el aire sin problemas y, una vez recorrida una gran distancia, volvió a tener cobertura con la nave.

Fue informado de la situación actual, le ordenaron de forma urgente que volviera a la nave real a cumplir un último deseo de Urano antes de morir, por lo que se detuvo un instante en el aire a pensar qué hacer, divisó un barco a lo lejos, era Poseidón Semilla, fue a su encuentro.

Tenía el barco cargado de madera para construir un puerto en una zona de la costa, al ver llegar a Ra echaron el ancla y cada uno en su embarcación tuvieron una conversación intrigante.

—Es un sacrilegio que uses ese navío para volar, los barcos están hechos para navegar por el agua —sonrió Poseidón Semilla mientras se tapaba el sol con la mano.

—Es más práctico ir por el aire, pero tendré en cuenta tus palabras, hijo mío, necesitaría que reunieras todos tus barcos y esperad mis órdenes en la capital —respondió Ra.

Su hijo Poseidón Semilla asintió con la cabeza, dio la orden a través de su brazalete y durante un instante se quedó en blanco mirando el cielo por encima de Ra, este levantó la vista hacia arriba.

Una nave anunaki les atacó y acertó el barco de Poseidón, colándolo en mil pedazos, el navío de Ra comenzó a girar en el aire, estaban en medio del mar y no pintaba bien la situación.

La nave amerizó cerca de Ra. No disponían de armamento para atacar, así que se limitaron a levantar los brazos.

Abrieron la parte lateral y dejaron subir a bordo a Ra, que a sus ojos les parecía un titán, y mataron a los semillas supervivientes.

En la nave se encontraban siete anunaki y uno de ellos era la propia Nagi, que dirigía el ataque a la Tierra, vio en Ra una expresión extraña en su rostro y se limitaron a esposarlo.

Mientras sobrevolaban el planeta buscando más titanes iniciaron el interrogatorio a Ra, le inyectaron una sustancia que le forzaba a responder la verdad, no había forma de eludirlo.

Escucharon su fascinante historia, Nagi no podía creer por todo lo que había pasado, según su experiencia y creencia popular ningún ser inteligente toleraba la copia mental a otro cuerpo más que unas décadas, menos de cien años antes de que les invada la locura.

Sin embargo a Ra le habían copiado ya en dos cuerpos, además antes era un semilla, considerado inferior, y actualmente un titán. En la tradición anunaki este proceso se denomina «hechizo Gilgamesh» y es, sin duda, la única forma de engañar a la muerte.

Le pareció muy atractivo, aunque sabía que su cuerpo no era originalmente suyo, era de un soldado fiel a Urano, estaba fascinada por todo lo que había escuchado de sus labios.

Llegaron a un gran bosque con árboles gigantescos, algunos llegaban a ser interminables en altura, diámetro y seguramente muy longevos.

Los anunaki establecieron una base allí en medio del bosque, derribaron decenas de árboles y aterrizaron en ese lugar las naves que aún les quedaban, haciendo un perímetro.

Solo quedarían unas dos naves en la Tierra, además serían algo menos de trescientos anunakis fieles a la causa naga en ese sistema solar en total, sin contar los titanes que hubieran sobrevivido a la invasión, sean prisioneros o estén escondidos. Era una vergüenza que su raza se limitara a esa cifra, Nagi tenía la esperanza de que cuando finalizara todo esto pudiera encontrar alguna colonia con la que aliarse.

Al prisionero Ra le ataron las manos por detrás con una cuerda y a su vez a un árbol menudo pero robusto cerca del campamento.

Esa noche Ra la pasó al raso, le dio tiempo a pensar, mirar las estrellas y ordenar sus ideas.

Esa misma noche se acercó Nagi, ordenó descansar al guardia que lo vigilaba y se arrodilló al lado de Ra para contemplarlo más de cerca.

Lo besó apasionadamente y con poco esfuerzo lo desnudó, fue dándole besos desde el cuello, por el pecho y la ingle.

Se puso encima de Ra y practicaron el acto sexual con gran pasión, ella no sabía qué le pasaba con ese tal Ra, pero era absolutamente irresistible.

Al día siguiente se reunieron los capitanes con Nagi para decidir el siguiente paso, ella estaba algo confusa después de todo lo ocurrido. La idea de forjar alianzas, antes inalcanzable y peligrosa, cada vez la veía más factible y práctica.

—¿Cuál pensáis que son nuestras prioridades en este planeta actualmente?, somos muy pocos, los titanes nos superan en número, los semilla nos superan en número y no sabemos si los podremos controlar a todos. Por otro lado sería conveniente no matar a más titanes, pienso que deberíamos aliarnos en este planeta —dijo Nagi.

—Si tu padre escuchara tus palabras te mandaría desollar viva, ¿estás segura de lo que estás diciendo? —respondió un capitán.

—Estoy proponiendo nuestra mejor baza para todos vosotros, no busco la gloria de los anunaki en este momento, solo sobrevivir —replicó Nagi.

—Está bien, nos replegaremos en unas horas, tenemos exploradores en los alrededores, después partiremos para intentar negociar una tregua —concedió el capitán.

Pudieron partir de allí en poco tiempo y se dirigieron directamente a la tierra de los dioses, donde estaban todos reunidos en su Olimpo.

Al llegar allí muchos semillas y un par de titanes los esperaban en la entrada a la capital preparados para atacar.

Encabezaba la marcha Ra con los brazos levantados, un soldado le apuntaba a la nuca y le obligaba a continuar el paso. El compatriota solicitó la presencia de su hijo Zeus Semilla, al aparecer se abrazaron tiernamente.

—¿Estás bien?, ¿te torturaron? —preguntó Zeus Semilla.

—Mmm, algo así, pero necesito tener un encuentro con los dioses, desde la nave real me informaron de todo, los anunaki quieren llegar a un entendimiento con ellos y rendirse —respondió Ra.

—¡Nadie dijo nada de rendirse! —protestó el capitán.

—¡Silencio todos!, llegaremos a un entendimiento de una forma u otra, no compliquéis la situación —ordenó Nagi.

Avisaron a un mensajero y tiempo después tuvieron permiso para entrar Ra, Nagi y cinco anunakis a la ciudad.

Al llegar al templo de los dioses estos esperaban sentados en su trono y contemplaban la visita de los mortales.

Podían contemplar muy de cerca el templo, tenía pilares con excelentes trabajos detallados en las columnas, ellos estaban en siete tronos: Zeus, Poseidón, Atenea y Hefesto. Los otros tres tronos estaban aún vacíos.

—Hola, soy Ra, teníamos un aliado común llamado Urano, por desgracia en el enfrentamiento que tenéis ahora mismo iniciado murió en manos del ejército de los anunaki comandados por Nagi aquí presente. Me capturaron y me han demostrado que no vale la pena continuar con esta guerra, no hay otra opción que iniciar una tregua. Me duele admitirlo, apreciaba a Urano, pero creo que es la mejor opción para todos, sé que sois muy poderosos, pero vuestra razón de existir es hacer lo mejor por todos ellos. Estamos todos juntos en esto, unidos seremos más fuertes con otros conflictos o futuros problemas. Así tendréis más súbditos, podréis dirigirnos en la dirección correcta y castigar a los que consideréis que no hacen vuestra voluntad. ¿Aceptáis mis condiciones?

—Estamos conformes con vuestra rendición, anunakis, espero que no exista más conflictos importantes entre vosotros y los titanes. En cuanto a ti, Ra, Urano nos habló de ti, te tenía gran aprecio y contaba con que los ayudarías en esta guerra. Has cumplido con creces tu cometido sin matar a nadie, no sé exactamente cómo lo has conseguido, pero te apoyaremos en futuros proyectos que veas convenientes —respondió Zeus.

En ese instante, cuando iban a marcharse, una luz parpadeó en un trono vacío, los cuatro dioses se giraron con terror al punto de energía cercano y se levantaron asustados por primera vez.

La luz intentó crecer varias veces sin éxito, volviendo una y otra vez a un punto de origen, aunque cada vez más grande. Cuando fue lo suficientemente fuerte consiguió definirse sutilmente formando brazos, piernas y cabeza, todo de energía.

Su descripción exacta era un esqueleto de luz, cuando por fin pudo ser estable se puso de pie despacio y parpadeando cada cierto tiempo.

Levantó un brazo flexionando sus falanges de forma similar a coger algo y se transformó en una descarga eléctrica que afectó a un anunaki. Lo mató en cierta manera, adquirió su cuerpo y dibujó una macabra sonrisa en su rostro.

Antes de poder reaccionar ninguno de los presentes desapareció del lugar de una manera inexplicable.

La única explicación que pudieron dar por válida fue por Hefesto, lo más probable es que fuera su intento fallido de crear a un dios, lo descartó y seguirá su cuerpo en algún lugar de la forja tirado por el suelo, o al menos eso pensaba.

10

Raíces envenenadas

Una vez coordinados los supervivientes de Titania, fueron apresados por los altos mandos que estaban a las órdenes de los Naga. Esperaban órdenes de Nagi y consiguieron restablecer cierto orden en la capital, reparar naves y preparar una nueva expedición a la Tierra cuando fuera el momento.

El general que dirigía la operación era un ser bastante retorcido. Medio rostro lo tenía quemado, tenía graves secuelas en la cara, incluyendo la pérdida de un ojo en batalla, y le costaba respirar cuando se estresaba.

Su nombre era Akkad y era la mano derecha de la familia Naga. Estaba a las órdenes, a desgana, de Nagi, pero oficialmente el ejército le apoyaba mayormente a él, al menos los altos cargos.

Lucía una capa verde, la cual le protegía de ciertas armas o disparos a cierta distancia. Era muy mayor para estar en primera línea, pero estaba en muy buena forma y de joven fue, en su día, un guardia real, aunque ya no tenía el implante.

Recibió una comunicación de la Tierra y respondió de inmediato. Era Nagi. Le ordenaba quedarse en Titania hasta nueva orden. No era necesario realizar una ofensiva en la Tierra; habían llegado a una tregua y estaban terminando de decidir qué camino seguirían a partir de ahora.

El general destruyó el comunicador de la base antes de poder contestar. Unos minutos después ordenó a un soldado que enviara un comunicado simple de que estaban a la espera de novedades y de que actualizarían las naves de Titania para poder usarlas.

Esa noche no pudo dormir. Se limitó a sentarse en un sillón a pensar. Con una bebida de la bodega personal del Rey en su mano pudo imaginar las opciones posibles.

Se puso nostálgico por su planeta. Recordó dónde se formó como militar, el increíble amanecer único que se da una vez cada tres años, coincidiendo con la posición de ciertas lunas respecto a su estrella. La gente que adiestró durante tantos años, lo arrepentido que estaba por perder al amor de su vida y cientos de recuerdos más que se ahogaban en la botella que tenía a sus pies.

En el instante de la explosión del planeta estarían en plena batalla. La gran mayoría ni siquiera supo de dónde venía la explosión. Tantos miles de millones apagados de una forma tan devastadora… no puede ser cosa solo de la casualidad, estuvo pensando.

En los repetidos mensajes no ha respondido nadie. El general estaba convencido de que alguna colonia aliada ha sobrevivido a este caos, pero es un momento delicado. Las comunicaciones son muy peligrosas en cualquier frecuencia. Cualquier bando puede aprovechar esta situación para imponer orden en colonias enemigas o incluso aliadas para tener el control; de hecho, no era muy diferente de lo ocurrido en ese lugar.

Unas horas después, en estado de embriaguez y con las ideas bastante claras, mandó llamar a un científico de su equipo personal. Aparecieron dos hermanos gemelos que, en esa situación caótica, eran los más cualificados para el cargo, pero eran muy jóvenes.

—Necesito que busquéis información de una tecnología algo obsoleta —dijo Akkad—. Se usaba para comunicar dos puntos de la galaxia y poder enviar seres de un planeta a otro.

Los dos científicos se llamaban Aban y Azoth. Por lo general hablaban a la vez, a no ser que tuvieran que tratar su especialidad; cada uno tenía varios campos de investigación.

—Pues como sabes, hay muchas civilizaciones que han sido absorbidas por la nuestra en nuestra historia reciente —respondieron al unísono—. Ahora mismo nos vienen a la cabeza un par de opciones similares a lo que nos pides. En un caso hubo un planeta que usaba complicados portales en la atmósfera para enviar naves a lugares lejanos del universo, pero esa tecnología no llegamos a replicarla nunca; era muy aparatosa de construir.

—En otro caso eran portales para individuos —continuaron—. Se tenían que usar en viajes individuales, usaban gran cantidad de energía y hacían falta unas aleaciones muy específicas de metal, roca y minerales.

—Tenemos también información de otras opciones, pero en la situación actual es complicado. Los archivos hay que recuperarlos de las arcas de seguridad, en lugares recónditos por si un desastre así sucedía. Al parecer ha llegado el momento de ir a buscarlos, si lo deseas.

—Está bien —respondió Akkad—. Quiero que enviéis la nave más rápida que tengamos, con tres tripulantes, a buscar una de las arcas para recuperar el conocimiento anunaki. Por otro lado, quiero que intentéis replicar la segunda opción. El portal individual creo que me servirá.

—Nos pondremos a ello —respondieron—. Mientras tanto le informamos de que hay en total cinco vivanas operativas, adaptadas para poder ir a la Tierra. No son tan grandes como la de Urano. De nuestras naves solo dos han podido resistir el ataque a este planeta y aún falta hacer un registro de la población operativa.

Los científicos se marcharon de la sala, cada uno en una dirección. La ciudad estaba en ruinas por el conflicto, pero en la zona Este pudieron organizarse unas instalaciones para coordinar todo lo necesario.

Al día siguiente Akkad tuvo una reunión con sus tenientes. Solo tres de ellos acudieron; dos se negaron a tomar parte en esta situación, eran fieles a Nagi, pero debido a su comportamiento fueron ejecutados.

—Necesitamos aliados —dijo Akkad—. Antes de continuar con mi plan quiero que vayáis a lugares recónditos del universo y busquéis formas de unir lazos con otras colonias.

—Tenemos claro que de las cinco casas reales existen colonias que sobrevivieron —respondieron los tenientes—. De eso no tenemos ninguna duda.

—Las casas reales de Ainus, Zexus, Bramas, Elohims y Nagas son nuestra historia, nuestra identidad —continuó Akkad—. Tenemos que encontrar sus colonias para poder perdurar con nuestro imperio en el universo.

—Pero tienes claro que solo los Nagas y Elohims son aliados realmente —replicaron—. El resto de casas, en esta situación, podrían ser enemigos peligrosos o incluso aliados de nuestros enemigos.

—Llegado el momento decidiremos los pasos a dar —respondió Akkad—. Ahora mismo es más importante la información que decidir qué hacer con ella. Tenemos que ser conscientes de cuántas colonias hay, unificarnos y reconstruir nuestra civilización.

En ese instante entraron los científicos en la reunión y detallaron la presentación del hallazgo de un planeta ideal para trasladarse allí a largo plazo.

Estaba muy alejado de su ubicación, pero a mitad de trayecto en dirección a Nibiru desde ese lugar, por lo que era una buena opción. Estaba en condiciones apropiadas de atmósfera, recursos y vida, y era algo mayor que la Tierra. Para ellos era un planeta muy pequeño, pero era la mejor opción en ese momento.

—Son estupendas noticias —dijo Akkad—. Enviad una sonda que aterrice en el planeta. Cuando nos repleguemos con nuestros posibles aliados usaremos esa ubicación para establecernos.

—Por otro lado —añadió Aban— nos gustaría poner encima de la mesa la opción de no usar el portal que nos pediste. No es estable y volvemos a repetir que necesita mucha energía para cada individuo.

—¿Pero podemos construirlo aquí? —preguntó Akkad—. Tenemos lo necesario, ¿no?

—Sí, pero al ponerlo en marcha no sabemos lo que puede venir desde el otro lado —respondió Azoth—. Cualquier otra tecnología similar que esté en activo recibirá una señal de nuestro portal y podría usarlo para venir aquí.

—Preparad alguna contención para evitar visitas no deseadas —ordenó Akkad—. Medidas de seguridad, bloqueos de puertas, cualquier solución factible.

—Señor, ese es el problema —replicó Aban—. Necesita mucha energía. Si lo activan es posible que no podamos ejecutar una contención. El portal eliminará durante unos segundos cualquier sistema de seguridad que esté en su entorno.

—Es posible… ¿soldados de guardia?, ¿drones de vigilancia quizá? —insistió Akkad.

—Alguna opción tenemos —respondió Azoth—, pero solo queríamos constatar que no es muy fiable esta opción de transporte. Tampoco tenemos claro adónde quiere ir, señor.

—En realidad es solo una corazonada, una leyenda más bien —admitió Akkad—. En una de mis primeras batallas ocurrió una serie de sucesos y un testimonio de un prisionero. Antes de morir lo torturamos y nos informó de un lugar que dispone de un portal de esas características.

—Pero señor, es muy arriesgado terminar de fabricarlo —dijo Aban—. Está prácticamente acabado el portal, pero una vez finalizado, aunque esté apagado desde este lado, podrán accionarlo en cualquier momento del día o la noche.

—He ordenado que lo construyáis —sentenció Akkad—. Os agradezco la información y tomo nota de vuestra recomendación, pero acabadlo ya.

Los científicos salieron por la puerta. Uno se fue antes; el otro dudó mientras seguía mirando a los presentes, bajó la cabeza y se fue por la puerta.

El general se levantó de la silla y se fijó en un plano de la ciudad que había en un holograma en un lado de la sala. Estuvo un rato en silencio, mientras los tenientes dudaron en irse o continuar la reunión.

—¿Cuál es el siguiente paso, señor? —preguntaron los tenientes.

—Mis órdenes son que os encarguéis de buscar a los titanes que estén escondidos en este planeta o en cualquier escondite o base cercana —respondió Akkad—. Enviad soldados a la sala del portal a custodiarlo; en el caso de que «algo» apareciera, disparad primero y luego nos ocuparemos del portal.

—Es conveniente que los titanes prisioneros entiendan que no hay más opciones que seguir nuestras órdenes —continuó—. Separadlos por género y a los infantes aislados; intentaremos reeducarlos. Matad a los más ancianos cada pocas horas para dar ejemplo.

—¡Sí, señor! —respondieron.

Los tres tenientes se apresuraron a salir, pero Akkad reclamó que uno de ellos no se fuera. Era alguien muy cercano a él; de hecho, era el militar con más aptitudes que tuvo el privilegio de entrenar. Se aproximó a él lentamente, le sonrió y le dijo susurrando en el oído:

—Cuando regrese la nave con el arca, sal pitando de este planeta con un grupo a tu elección —murmuró Akkad—. Buscad aliados en las colonias. Por si no volvemos a vernos, dejaré por escrito que tú lideres a los Naga.

El joven teniente asintió tímidamente y salió de la sala despacio e inseguro, para luego bajar las escaleras rápidamente.

El desarrollo tecnológico de los anunakis era muy avanzado en muchos sentidos, pero por alguna razón no desarrollaron muchas tecnologías robadas o adquiridas por no ser útiles para el imperio.

Por lo que la puerta estelar era algo más compleja de dominar de lo que Akkad imaginaba.

El grupo de científicos e ingenieros se reunió por última vez antes de accionar el portal. Revisaron en conjunto los datos técnicos y los registros básicos del diario en el que hallaron la tecnología.

El planeta en cuestión se lo encontraron abandonado, sin vida inteligente. Solo existía una gran ciudad con la gran mayoría de accesos sellados, sin poder acceder a ningún edificio.

Solo se observaban construcciones lisas de piedra blanca con detalles negros. Ese tipo de piedra estaba magnetizado de alguna forma y podía moverse a voluntad sin que tocara el suelo.

Pudieron finalmente acceder a una sala ceremonial, la cual se abría y cerraba por algún mal funcionamiento en bucle.

En el interior de la sala se podían observar mapas estelares con ciertas coordenadas grabadas en piedra, una descripción de los portales que observaron en el exterior y detalles técnicos de un panel que se adhiere al brazo para poder activarlas.

Por lo que estudiaron allí, si conseguían construir una en otro lugar según esas indicaciones, podrían viajar a ese planeta; todo hipotéticamente.

Pudieron hallar tres puertas similares en total. Destruyeron una para estudiarla y, con toda la información localizada en ese lugar, encontraron la forma de poder replicarla.

Ese proyecto se ideó para volver a ese planeta con más datos y continuar la investigación, pero el que presentó la información en Nibiru hace varios siglos fue ignorado y acabó olvidado en los archivos.

Se trataba de construir un arco de piedra o, para ser más exactos, una combinación de materiales con una puerta hueca donde se generaría el portal, el cual tenía una abertura en un lateral para insertar una «llave» y realizar la combinación necesaria para activarlo.

La puerta en sí tenía una construcción muy concreta. El material necesario lo tenían en una de las naves, por suerte; solo tenían que fundir la piedra, parte de un meteorito y unas barras de metal muy finas que atravesaran el muro cada cierta distancia.

Necesitaban un activador desde este lado con las coordenadas de destino; si en esa ubicación tenía la puerta activada, daría una señal positiva de conexión. Para poder acceder al portal, un viajero lo llevaría en el antebrazo; solo tendría que activarlo y colocar el brazo en el hueco del comando como una llave.

Este proceso necesitaba mucha energía, pero después de varias pruebas consiguieron activarlo con éxito. Enviaron a tres exploradores a coordenadas diferentes; cada intento se realizó cada diez horas para acumular la energía necesaria. La zona de pruebas se veía afectada durante varios minutos al activarla, por lo que muchos dispositivos fallaban.

No volvieron ni dieron fe de ningún éxito llegando al destino. Esa tecnología no la tenían aún desarrollada; no hubo oportunidad de estudiarla en Nibiru. Solo tenían constancia de otra puerta en el planeta donde la encontraron y, en principio, alguno habría ido allí, o eso pensaban; los otros dos ignoraban dónde estaban.

Se reunieron una última vez con el general y le invitaron a visitar un último intento de activar el portal antes de apagarlo definitivamente por seguridad.

Estaban muchos presentes viendo el último intento de accionar la puerta. Esta vez enviaron un dron de conocimiento; no tenían muy claro si con seres inorgánicos también funcionaría.

Un técnico accionó el portal con su brazo y este se iluminó como anteriores veces, con un perturbador agujero negro que giraba lentamente.

El dron se acercó volando; disponía de medidores, cámaras, localizador y quizá alguna forma de enviar una señal a su base.

Al penetrar el portal explotó, como sospechaban algunos de los presentes. Una ráfaga de descargas eléctricas fulminó a algunos de los técnicos y guardias. El portal se hizo algo más grande, se volvió inestable y todos huyeron del lugar.

Solo uno de los gemelos seguía intentando estabilizarlo en la consola principal sin mucho éxito. Bloqueó todo acceso a las instalaciones una vez salieron todos.

En la parte superior de las instalaciones construyeron un sistema de contención para posibles invasores. Era un círculo metálico separado en dos partes, cada una posicionada con un brazo mecánico.

Al accionarlo bajaron para rodear el portal: primero el derecho, posicionándose en el suelo, y después el izquierdo, coincidiendo con precisión, formando un círculo perfecto.

Pudo activar un círculo magnético que ralentizaba el agujero negro hasta averiguar qué podían hacer al respecto.

Al salir de las instalaciones se desmayó delante de los demás compañeros. Al poco rato despertó y explicó a su hermano vagamente que pudo contenerlo temporalmente; si hay suficiente energía, puede que durante bastante tiempo. Después Azoth falleció, seguramente por la exposición a partículas extrañas.

—Lamento informarle, general —dijo Aban—. Necesito un tiempo para reflexionar sobre las opciones que tenemos y dar despedida a mi hermano.

—No es momento de formalidades —respondió Akkad—. En unas horas quiero enviar una expedición con trajes espaciales al portal, sean cuales sean las consecuencias. No sabemos cuánto tiempo será estable.

—Si lo precisa, así lo haremos —aceptó Aban—. Mañana a primera hora iniciaré los preparativos. Si falla este intento considero necesario abandonar este planeta por lo que pueda suceder.

La zona del portal era estable. Unas horas después no se extendió prácticamente nada, pero la estructura de las instalaciones sí se vio afectada. El hangar que usaron para construir el portal estaba sellado herméticamente, con la singularidad estable, pero las paredes se agrietaban con el paso de las horas sin descanso.

Llegado el momento prepararon el último equipo de reconocimiento para el portal. Otros exploradores entrarían con trajes espaciales con la intención de comprobar que era seguro.

En el estado actual sí se podía usar de forma continua entrando y saliendo, pero estaba diseñada para seres orgánicos. Esta vez entraron tres exploradores al mismo tiempo.

Pasados unos minutos nada parecía señalar que pudieran volver y Aban estaba a punto de iniciar el proceso de apagado del sistema; solo esperaba a que Akkad le diera la señal necesaria.

Finalmente uno de ellos volvió. Estaba más nervioso y alterado por lo que había visto que por el viaje en sí. Gritó a pleno pulmón:

—¡Este lugar donde nos enviasteis es una colmena de puertas! —exclamó el explorador—. Tiene un generador que está alimentado por el núcleo del planeta, o eso me ha dicho el compañero que fue en el primer intento.

—¿Están todos vivos? —preguntó Akkad.

—Por suerte, sí —respondió—. Al parecer, al volverse inestable destruyó varios portales inactivos colindantes del otro lado, pero creemos poder usar un futuro portal estable sin problemas. Por lo que han deducido mis compañeros hay unos parámetros que modificar y no enviar más drones, por supuesto.

—Necesitamos enviar un gran destacamento a este portal para explorar ese planeta en condiciones y el segundo paso sería desconectar este; es inestable, hay que destruirlo.

—Me parece viable lo que propones —dijo Aban—. Vamos a concretar unos detalles y lo haremos lo antes posible; si no, ocurrirá alguna desgracia.

—El teniente Lizar ocupará mi puesto aquí; yo iré al planeta también... —anunció Akkad.

—Pero, señor, lo recomendable sería trazar un plan desde aquí. No sabemos si algo saldrá mal... —objetó Aban.

—He ordenado... que iré yo —cortó Akkad—. Preparad diez compañeros más formados en diferentes materias e iremos junto a los seis que ya se encuentran allí.

—Yo preferiría quedarme aquí, señor —intervino el explorador—. Procuraré comunicar al equipo de investigación todo lo ocurrido en ese lugar; me informaron bien los compañeros.

—Pero ¿cuánto tiempo estuviste allí? Aquí pasaron unos minutos —preguntó Aban.

—No sabría decirte, quizá una hora, pero no tiene sentido, ¿no?

—En cierta manera tiene sentido, pero te realizaremos unas pruebas para verificar tu testimonio.

El general observó al científico Aban y su comentario le dio que pensar. Al instante levantó dos dedos y dos guardias apuntaron con sus armas al explorador; este levantó las manos con indignación.

El perspicaz científico se acercó al explorador y lo miró detenidamente. El portal detrás de él seguía abierto, desprendía descargas y chispazos aleatorios, pero continuaba contenido con el sistema que activó su hermano.

Cada cierto tiempo una de esas descargas afectaba al explorador de alguna forma; ejercía interferencias en algún tipo de señal. No era quien decía ser.

El científico contempló su aspecto real durante un instante; pudo ver la sombra de su aspecto real en el suelo y huyó de su presencia gritando:

—¡Disparad, disparad!

Los guardias usaron sus rifles láser, pero al llegar al objetivo detuvo ambos disparos con las dos manos extendidas a ambos lados y sonriendo.

En un parpadeo su aspecto anterior desapareció. Levantó un látigo que tenía en el cinturón y, mientras lo extendía de forma fugaz, apareció su cuerpo real.

El látigo lo agarró forzadamente el general Akkad con la mano y lo tensó hasta que le hizo gotear sangre por su brazo.

El personaje era algo más bajo que un anunaki. Tenía dos protuberancias no muy pronunciadas en la cabeza, pelo largo negro, piel blanca y unas alas en la espalda muy desarrolladas.

—Engendro, ¿qué es lo que quieres? Contesta —exigió Akkad.

—Mi nombre es Daimon —respondió—. Necesito vuestra ayuda, general. Interrogué a sus compañeros; estoy al día de todo referente a vuestra situación en este lugar.

—¡Jamás! No me creo que interrogara con éxito en tan pocas horas.

—Para ser más exactos, les leí la mente —aclaró Daimon—. Se recuperarán, pero ahora mismo están inconscientes y así seguirán hasta que me escuche, señor.

—Tienes unos minutos hasta que se me acabe la paciencia —advirtió Akkad—. Llegado ese momento destruiremos el portal si es necesario.

El general dio una señal a sus tropas para prepararse con diferentes tipos de armamento. No sabían a qué se enfrentaban.

—Este portal explotará con graves daños en este planeta, a no ser que yo intervenga —continuó Daimon—. No servirá de nada que lo intentéis destruir o desconectar; lo más probable es que explote en cuanto intervengáis vosotros con cualquier acción.

—Provengo de un planeta muy antiguo. Mi especie está en decadencia; somos muy pocos y necesito vuestra ayuda para poder viajar a otro lugar.

—Pareces tener el control de la situación —replicó Akkad—. ¿Qué necesitas de nosotros, si se puede saber?

—Necesito información, coordenadas y tecnología para poder descifrar enigmas en mi planeta. No estamos tan desarrollados como vosotros.

—Nuestros conocimientos se asemejan más a la magia, poderes mentales y clarividencia.

—Hay un centenar de mi especie al otro lado del portal. Son más poderosos, longevos y tercos de lo que hayas podido imaginar en vuestra vida.

—Yo soy el más joven. Creo que tengo esperanza en que esta conversación inicie una alianza entre dos especies muy diferentes.

—Sin tener aún claro lo que quieres, ¿qué ganamos nosotros? —preguntó Akkad.

—Podéis disponer de nuestra alianza. Somos muy útiles en tu plan respecto a conquistar la Tierra, pero primero quiero todo el conocimiento que trae la nave que enviasteis a por el arca de tu planeta.

—¿Para qué lo quieres? Sería un traidor si tan siquiera te dejara verlos.

—En esos archivos se habla de mi planeta. Encontrasteis algunos de nuestros portales. No entraré en detalles ahora, pero sabemos con certeza que hace diecinueve mil años una expedición anunaki aterrizó en nuestro planeta. Sabemos que tenéis textos sagrados de nuestra historia y de los portales.

—¿Mis antepasados consiguieron salir de tu planeta vivos?

—No los matamos, si esa era tu pregunta —respondió Daimon—, pero consiguieron transmitir toda la información: fotos, grabaciones y registros escritos. Todo antes de que destruyéramos su nave.

—¿Por qué perdisteis el conocimiento de los portales?

—Somos muy longevos. En nuestro planeta no hay grandes ciudades; son cuevas excavadas en cientos de galerías en el interior de la tierra.

—Antiguamente se usaban los portales con gran normalidad para enviar seres espirituales a otros mundos, compartir conocimientos, alimentarnos o meditar. En resumen, hemos ayudado a otras especies a encontrar el camino para que no se destruyan entre sí.

—Pero muchos no volvieron nunca y llegó un momento en que mis compatriotas dejaron de estudiar los textos sagrados. Falta mucha información, pero sobre todo, al estar incompletos, no podemos acceder a la mayoría de portales.

—¿Buscáis un portal en concreto o simplemente queréis acceder a más lugares? —preguntó Akkad.

—Lo que nos urge es encontrar a una hembra de nuestra especie. Somos seres muy complejos. En la antigüedad ya intentaron clonarlos, modificarnos genéticamente y actos similares. No funcionan. Por lo que sabemos, en algún lugar hay una hembra viva; está en una prisión en alguna colonia vuestra.

—Ya escuché bastante —sentenció Akkad—. Acepto tu alianza con desgana, pero te prometo que cooperaremos en lo que podamos. En cuanto llegue la nave serás el primero en saberlo.

El ser alado relajó el látigo, lo enrolló rápidamente para ponérselo en el cinturón otra vez. Sacó un saquito con piedras y agarró tres de ellas. Advirtió a Aban que quitara la contención del portal. Una vez apagado, por un momento se extendió en gran medida, pero Daimon no se movió ni un ápice. Recitó unas palabras en voz muy baja e hizo que las piedras que tenía en la mano brillaran; las lanzó y se unieron en el centro del portal, lo absorbieron y cayeron juntas al suelo.

—Ahora, con vuestro permiso, vamos a construir otro portal… —concluyó Daimon.

11

Génesis

En otro planeta, a años luz de ese lugar, existía una pequeña Luna con unas instalaciones dentro de cavidades gigantescas, con solo unos pocos accesos al exterior y necesidad de trajes espaciales para sobrevivir.

Las instalaciones eran de la familia anunaki de los Ainus. Cerca de esa Luna, en el planeta, existía una colonia bastante antigua anunaki. En este caso, la colonia la fundó esa familia hace decenas de miles de años. Como siempre, procuraban que las colonias no crecieran demasiado, pero ahí seguían.

El objetivo, como siempre, era recoger recursos para su estado soberano y, en este caso, debido a la estructura de una de sus lunas, aprovecharon para construir instalaciones de seguridad para retener a enemigos de otras especies, traidores o personajes que podrían ser útiles en el futuro por diversas razones.

El motivo de mantenerlos con vida era muy variado, pero con tantos planetas en el universo hay un sinfín de formas de vida inteligentes. Se puede preservar su material genético, también mantener seres con vida si su especie está extinta, pero también es útil tener mercenarios o torturar a los enemigos de esta manera.

Esa prisión improvisada de hace más de cien años tuvo que desconectarse por falta de mantenimiento. Los guardias abandonaron las instalaciones después del suceso con Nibiru, ya no tenían obligación de custodiarlo.

Unos días después, uno de los presos, consciente de la situación, se sometió a varias descargas seguidas del sistema de seguridad por intentar atravesar el campo de fuerza de su celda. Al intento número trece se desmayó en el suelo y quedó tendido en el campo de fuerza.

El sistema se sobrecargó y el preso murió desintegrado. En ese instante, algunas celdas colindantes parpadearon por faltar energía y muchos huyeron con alguna descarga débil al salir.

Uno de los que consiguió salir accedió al sistema central, abrió la mayoría de las celdas, desbloqueó los hangares para poder salir del pequeño satélite con alguna nave disponible.

Fue a las celdas de algunos conocidos, los liberó y pudieron huir juntos. Se dirigieron corriendo a las naves con premura. Al llegar, varios de los presos estaban matándose porque no había suficientes vehículos para todos.

Para forzar una salida rápida usó un arma que adquirió en la sala anterior y disparó a un sistema de seguridad de las puertas para salir del planeta. Se escuchó una estridente alarma y una de las compuertas inició su apertura, afectando al habitáculo. De esta forma, la mayoría se cayeron al suelo por un fuerte impacto de aire.

Los tres compañeros pudieron subir a una de las dos naves y huir del lugar a salvo, después de muchos años allí encerrados.

Algunos de los presos salieron volando a la muerte cuando la nave despegó, otros murieron congelados y, finalmente, quedó una nave en buen estado sin dueño. Poco tiempo después, el sistema de seguridad se apagó y la compuerta volvió a cerrarse.

Solo una celda ocupada seguía cerrada. El sistema no tendría ningún mantenimiento, por lo que en algún momento fallaría o se quedaría sin energía. En esa celda ocurría algo singular, era la razón de construir las instalaciones, es decir, fue la primera arrestada y encarcelada en ese lugar.

Era una hembra muy peligrosa, tenía habilidades especiales, las cuales la familia Ainu quiso explotar a cualquier precio, pero no la consiguieron doblegar.

Su estado físico era muy famélico por estar tantos años encarcelada, pero era un ser aún joven para tener casi quinientos años.

Su apariencia era triste, se hundía en sus recuerdos en ese lugar sombrío, medía unos dos metros, pelo negro y ojos rojos. Su especie era característica por tener diferentes tipos de cornamentas en la cabeza y alas funcionales en la espalda, pero en realidad las usaban para planear o situaciones similares.

En la antigüedad usaban portales para viajar entre galaxias, para transmitir su mensaje, eran monjes sabios que lo único que pretendían era mejorar otras culturas con su filosofía de vida.

Tenían grandes dotes en alquimia, hechizos místicos y habilidades mentales únicas. Su tecnología para crear y usar portales se desconoce desde cuándo la dominaban, pero sí que es cierto que para ellos lo que todos conocemos como tecnológico era mal personificado, se castigaba severamente su desarrollo.

Su planeta natal era Génesis, se encontraba en el lugar más apartado del universo conocido por los anunakis, de hecho llegaron solo en una ocasión a ese planeta y no pudieron salir.

Era en su mayor parte rocoso, toda su especie vivía en el interior, cerca del núcleo, y nunca salían a la superficie.

El planeta era hueco por dentro, la mayor parte de la corteza intermedia estaba llena de túneles infinitos, cuevas, salas grandiosas y ríos subterráneos.

Sus antepasados excavaron de alguna manera miles de cavidades en la roca, de forma natural este material servía para el portal, tenía todos los elementos necesarios para poder activarlos.

La forma original de poder usar los portales en ese lugar era con hechizos, aunque en realidad no era así exactamente, usaban unas piedras similares a cubos diminutos donde tenían runas escritas en cada lado. Esos dados se sometían a un proceso con la sangre del planeta, esto conseguía cargarlos de alguna manera y, con las palabras adecuadas, se podían activar los portales lanzando los dados al portal excavado.

El usar esa magia exigía mucho desgaste mental, podía llegar a volverte loco, perder tus recuerdos o cosas mucho peores.

Su cultura se limitaba a no ser muy numerosos en el planeta, viajar por el universo para documentarse de todo tipo de especies, escribir sobre ello, comunicarse con los nativos, resolver conflictos y volver a su planeta para terminar su manuscrito y encuadernarlo de forma artesanal.

Seguramente tendrían la mayor biblioteca del universo, para el papel usaban raíces abundantes que conseguían cerca de la corteza exterior del planeta, cerca de la superficie. En su proceso, la propia resina del árbol protegía de posibles deterioros del libro con el paso de los años.

En algún momento de su historia conseguirían salir del planeta por primera vez en el pasado recóndito del origen del universo, por supuesto encontraron la manera de hacerlo.

En un lugar sagrado hay una gran mena del material más útil que usan en los portales, por supuesto en ellos hay solo minúsculos pedazos, dependiendo de la proporción que tenga serán más o menos estables.

Varios de ellos, los más ancianos a ser posible, ponían su mano en esa gran mena, de esta manera usaban su mente junto al planeta para encontrar otros mundos con la posibilidad natural de acceder a través de alguna cueva en las condiciones adecuadas.

Al tener la ubicación mental usaban los dados en alguno de los cientos de portales que tenían en las salas del planeta, activaban el portal mientras los dados flotaban en forma de triángulo y, al pasar el viajero, aparecían con él, en el destino.

Una vez aparecido en ese lugar procuraba viajar con una túnica sencilla que le cubra la cabeza, siempre muy humilde, lo único que anhelaba era poder encontrar un lugar para ser útil.

Los que hacían estas investigaciones de campo solían ser miembros en edad muy madura, con gran experiencia adquirida de todos sus libros de otros cientos de mundos. Los problemas a resolver solían ser siempre los mismos, contados de diferentes maneras por distintos protagonistas. Pero la naturaleza racional no es tan dispar como se puedan imaginar los presentes.

Cada uno recibe lo que da por triplicado, cada uno recoge lo que siembra y, en el orden natural de las cosas, la vida es injusta en gran medida, aprendemos de nuestros errores, nunca de nuestros aciertos.

En un entorno estable, libre y en relativa paz hace mella en la sociedad civilizada en diferentes etapas.

Los tiempos difíciles crean seres fuertes. Los seres fuertes crean tiempos fáciles. Los tiempos fáciles crean seres débiles. Y los seres débiles crean tiempos difíciles.

Siempre hay variables, en la mayoría de las investigaciones de nuestros visitantes, si ven necesario derrocar de alguna manera una civilización, saben manipular los puntos adecuados para que ocurra, no todo ser consciente es digno de dejar su huella en la existencia, la mayoría no se merecen esa oportunidad y en muchas ocasiones harán lo que sea para remediarlo.

12

Gigantes

Después de lo sucedido en el Olimpo regresaron a la montaña de los titanes. Las naves de Nagi también se posicionaron en la zona con el resto de aliados, se dirigieron al desierto donde estaban todos reunidos fuera.

La diosa Atenea estuvo presente en el encuentro, fue tenso pero apropiada la reunión de todas las partes: autómatas, titanes, fieles a Nagi, semillas y el propio Ra.

Al final, los titanes y los anunaki se unieron en un solo ejército, se hicieron llamar «gigantes» por escucharlo repetidas veces a los semillas.

Fue admitido Ra como un Gigante legítimo y se unió con Nagi de forma oficial como pareja, serían los líderes de todos los gigantes.

Se dirigieron todos los gigantes a una ciudad construida proporcional a los gigantes, se inició su construcción en cuanto Ra se alió con Urano, no estaba terminada pero ya tenía un gran avance y estaba próxima a la segunda nave semilla que enviaron los anunakis.

Los autómatas se dividieron también en varios grupos, Hefestos consiguió fabricar más brazaletes para controlar a los autómatas, no eran tan efectivos como los cuatro originales pero de esta manera en cada ciudad tenían la opción de usar una decena de ellos.

Una vez en ese lugar organizaron cuatro naves con un gigante y cinco semillas por vehículo para explorar algunas zonas pobladas del planeta en busca de alianzas. En lugares recónditos existían creaciones de Anu, aun siendo inferiores, acabarían a las órdenes de los semillas.

Los gigantes se consideraron semidioses a ojos de los semillas y con la aprobación de los auténticos dioses.

Se desplazaron los gigantes por toda la Tierra, liderando cada capital, enseñando cada conocimiento adquirido a los semillas: agricultura, medicina, astronomía, matemáticas, escritura, arquitectura, geología, biología… Cualquier conocimiento necesario en ese planeta lo transmitieron.

Por desgracia no todo conocimiento llegaba a desarrollarse, solo parcialmente en algunos puntos y en la mayoría se centraban en cosas básicas.

En el caso de Ra se dirigió por fin a la nave real. Ceo le explicó detalladamente lo que Urano le quería proponer, su cuerpo pertenecía a Gusag, era un guardia real del propio Urano.

—Los guardias reales en Nibiru son los protectores fieles a cada familia real —dijo Ceo—. En el caso de Gusag fue un caso peculiar, no era protocolario tener un guardia real en una colonia como Titania pero existían varios kits para iniciarlos que supuestamente estaban obsoletos. Eran unos maletines metálicos donde en la parte interior estaba el implante y el líquido metálico.

Desde que se creó esa colonia hubo varios, uno cada vez, y algunos no toleraron el implante, por lo que es peligroso lo que te voy a proponer.

—Le habéis dado muchas vueltas a este tema en particular desde que me capturasteis, pero ¿qué significa el implante que me queréis poner?, ¿para qué sirve? —preguntó Ra.

—Esa es la cuestión, ya lo tienes en tu cabeza, notarás una cicatriz en la nuca con un símbolo —respondió Ceo.

El propio Ra se palpó la nuca y le entró auténtico pánico al tocar la cicatriz, un escalofrío le recorrió el cuerpo.

—¿Y qué hace? —insistió Ra.

—Eso es un poco complicado de explicar, pero lo intentaremos, necesito que te sientes en esta silla y mires al monitor, por favor muévete lo menos posible —indicó Ceo.

El lugar donde le mandaron sentarse no era una simple silla, era metálica y tenía muchos agujeros. Una proyección se inició en el monitor, no era nada concreto, solo unas formas que se movían acordes a una música.

Durante un buen rato no sintió ningún cambio, pero la imagen y el sonido fueron de forma progresiva cada vez más rápidos.

En un momento dado, a Ra le comenzó a doler la cabeza de la forma más desagradable jamás imaginada, en ese instante unas correas aparecieron de partes del asiento para inmovilizarlo.

Llegó un punto en que Ra gritaba de dolor, la proyección mostraba un bucle de movimiento tan rápido que era más un parpadeo y la música se volvió un simple sonido estridente.

El clímax de la sesión estaba a punto de finalizar, Ra estaba cerca de perder el conocimiento pero justo en ese momento le inyectaron un anestésico en el cuello y en el siguiente instante varias agujas atravesaron su piel a través de la silla.

Pasaron unas horas pero al fin Ra despertó, continuaba en la silla y al recuperar la consciencia se dirigió a Ceo con un tono bastante irritante.

—¿Esto era lo que me propuso Urano? Pues quizá me gustaría verte a ti en esta silla, estáis perturbados si creéis que esto es un regalo —dijo Ra.

El científico delante suyo lo miró sonriendo y señaló hacia arriba con desparpajo. Ra levantó la cabeza lentamente y no podía entender lo que contemplaba.

Una masa líquida metálica flotaba encima de él, formaba ondas en su superficie como si fueran latidos, Ra no lo terminaba de controlar aún pero tendría que procurar lograrlo en un tiempo prudencial, sino rechazaría el proceso de forma natural.

—¿Eso de dónde ha salido exactamente?, ¿cómo lo controlo?, ¿qué funciones tiene el líquido en la práctica? —preguntó Ra.

—Es una aleación mimética, en algún momento estuvo en tu cuerpo, en su anterior vida, se le extrajo antes de su castigo por matar al hijo de Urano por traición y según nuestras leyes le tuvimos que castigar desterrándolo, hasta que te conocimos —explicó Ceo.

El «usarte» como arma era una de las ideas de Urano llegado el momento, pero creo que saldrá todo bien, te tendremos en seguimiento con tu respuesta al tratamiento.

Al dirigirse a una habitación para que descansara, la bola metálica continuaba siempre cerca de su cabeza, a veces se extendía o deformaba según las reacciones del propio Ra, era parte de su ser ahora y necesitaba poder dominarlo.

Después de varios días de seguimientos y pruebas, fueron a una zona del desierto a practicar, un soldado veterano que tenía gran conocimiento de las posibilidades del artefacto estuvo adiestrándole para poder usarlo.

En forma relajada e inconsciente suele quedarse en una esfera perfecta en lo alto de la cabeza, pero los guardias reales suelen llevar el líquido cubriendo un brazo a modo de armadura.

Es totalmente flexible y funcional llevarlo en el brazo, no pesa exageradamente, puede usarse para protegerse y siendo el brazo dominante es muy intuitivo de esa manera.

Luego en modos más experimentados se pueden formar objetos duros metálicos, no demasiado grandes pero pueden ser armas o escudos. Necesitan mucha concentración y es posible desmayarse al excederse usándolo.

También se puede usar para crear plataformas finas de metal y levitar a sitios cercanos o usarlo en compañeros para protegerlos.

Unas semanas más tarde ya podía lograr lo básico con la esfera, pudo juntarse con Nagi y visitar algunas ciudades para ver el rendimiento de los semillas.

Lo cierto es que consiguieron organizar a miles de ellos en muy poco tiempo en diferentes puntos del planeta, a Ra se le pasó por la cabeza que si hubiera priorizado la misión original a sus intereses personales estaría picando en las minas sacando oro como el panorama que observaba actualmente en ellos.

13

Rompiendo el cielo

Las alianzas están preparadas para completar sus objetivos, en el caso de la Tierra han pasado años desde que se organizaron los gigantes, humanos y autómatas.

Los dioses están liderando esta unión pero esperan el ataque inminente de los enemigos advertidos por sus aliados, sencilla-mente meditan en el Olimpo, menos Hefesto que continúa en la fragua formando a los gigantes.

Dieron con el dios que no consiguió dar vida, lo desechó en su momento en un foso profundo de la forja, al rescatarlo pudo comprobar que seguía sin vida, por lo que el espectro que vieron hace años en el Olimpo y poseyó a un gigante no tienen claro aún de qué se trataba, pero le llamaron Hades.

Los gigantes seguían guiando en todos los proyectos de Ra, comenzaron a construir grandes torres con tecnología anunaki en muchas localizaciones, eran faros solares, recogían la energía del sol en cristales para disparar potentes rayos en caso necesario. Mientras tanto eran usados para generar energía para diferentes usos.

Sin que los humanos tuvieran constancia existían lugares secretos donde los más extremistas, con la aprobación de Nagi, pudieron continuar con una visión del planeta enteramente anunaki y prescindir de la visión de Ra, de estar todos unidos.

Este movimiento sería crucial llegado el momento de la siguiente oleada de ataque que todos temían que llegaría pronto.

Su desarrollo marítimo fue muy experimentado, se priorizó realizar mapas de todos los terrenos visitados, registros de animales terrestres, marítimos y voladores. Las minas más importantes fueron descubiertas y estaban en gran explotación, sumamente coordinados para recoger y almacenar el oro.

En su extracción muchos humanos morían por diversos accidentes, algunos se comenzaron a plantear el objetivo de almacenar tanto oro, no sabían para qué lo usaban los gigantes.

En el caso de Ra estaba preparando una escapada tranquila con Nagi después de bastante tiempo organizando ejércitos de humanos, entrenados y con armamento semilla.

No podía jugarse todas sus cartas en los dioses para defenderse, tenían que estar preparados para una respuesta militar en cuanto entraran en la atmósfera, con parte del oro extraído pudieron fabricar mejores defensas en las naves que tenían, mejor armamento y tecnología.

Los científicos improvisaron armas explosivas de iones, tenían poco alcance, la idea era inutilizar sus naves y que se estrellaran, no podrían competir con su armamento, tenían que pensar estrategias similares.

Solo pudieron lanzar en órbita un satélite construido a partir de algunas sondas, por el momento no registró ningún visitante, pero no podía abarcar mucha distancia de la Tierra, su alcance no era el 100 % de la esfera, por desgracia orbitaba por el planeta pero si había una incursión por el otro extremo no daría aviso.

Una mañana Ra despertó y Nagi no estaba en la cama, de hecho no la encontró ni en casa, ni en ningún lugar del poblado donde normalmente residían.

Preguntó a varios guardias y nadie le supo contestar, le envió una comunicación pero no hubo respuesta, por lo que se dirigió en un vehículo llamado plataforma a la nave real.

Las plataformas se limitaban a vehículos horizontales que levitaban con un cristal, tenían una barandilla para tener estabilidad y una guía simple que funcionaba con una mano.

Al llegar los autómatas le quisieron detener pero activó su propio dispositivo para bloquearlos. Subió a la nave y en la sala de comunicaciones estaba Nagi en una reunión con el general Akkad y más miembros en ambas ubicaciones.

Por un momento se sintió traicionado, pero ya habían tenido esta conversación en varias ocasiones, él no estaba de acuerdo en la dirección del general respecto a convertir la Tierra en una colonia del nuevo planeta encontrado por sus científicos, el planeta en cuestión se bautizó como Tiamat.

Los presentes se pusieron de pie ya que, en cierta manera, Ra era el que dirigía toda la operación en la Tierra, Nagi y él intercambiaron algunos detalles de la situación en otra sala.

El general continuó con la reunión con los demás, y el científico de la nave tenía algunas preguntas que no veía productivas para los intereses de los gigantes.

—En el caso de tener todo claro, nos dijiste que el nuevo planeta tiene ya un asentamiento con anunakis, es un lugar estable, con fauna, respirable y agua —dijo Ceo—. Vais a abandonar Titania, dices que enviaréis a los supervivientes en vivanas adaptadas a la Tierra antes de iros y que antes de marcharos recogeréis todo el oro extraído estos años a Tiamat.

—Sí, básicamente es mi propuesta pensando en el imperio, el ejército me es fiel a mí, la prioridad es volver a reunir a nuestra raza, cuando estemos asentados reclamaré a todos los anunakis de la Tierra para unificarnos. Hasta entonces no preciso que nos acompañéis, podéis seguir con vuestra absurda idea unificada de convivir con los semillas modificados —respondió Akkad.

—No estamos conformes con ese plan a largo plazo, tenemos una parte de oro que podéis disponer para llevarlo a Tiamat para comenzar los cimientos de nuestra tecnología allí, pero la opción de trasladarse allí será totalmente voluntaria —replicó Ceo.

—Créeme, señor científico pacifista, lo vais a hacer a las buenas o a las malas, preciso de todos los anunakis para ampliar nuestro ejército. Voy a despedirme por ahora, necesito continuar con otro proyecto urgente, informa de todo a tu amigo Ra, pero no es una propuesta, es un hecho, os aviso para que estéis preparados —sentenció Akkad.

El disgustado Ra salió de la nave, se subió a la plataforma y huyó del lugar en dirección al encuentro de los dioses.

En el trayecto, mientras le daba el aire en la cara a gran velocidad, pensaba en la situación con el general, no era propicio para la idea que tenía en mente. Mientras esquivaba a una bandada de pájaros rozó el océano y le salpicó bastante agua.

Al llegar pidió audiencia con los dioses, pero solo estaba Zeus en su trono, este se arrodilló como solía hacer en las últimas visitas para pedirle consejo.

—¿Sabéis algo del dios que apareció en mi presencia? —preguntó Zeus.

—No lo volvimos a ver, pero tu hermano le puso nombre, se llama Hades, pero no venía por eso —respondió Ra.

—¿Hay guerra ya?, necesitas mi ayuda para combatir a tus enemigos en días venideros… —dijo Zeus.

—En realidad aún no llegó a venir nadie de los anunakis a combatirnos, al menos de momento, pero un sector de nuestra alianza está exigiendo unos trámites con los que no estoy conforme, vendrán a reclamar sus condiciones pronto —explicó Ra.

—Si me pides ayuda tienes que atenerte a las consecuencias, si los matamos a todos no serán ya tus aliados —advirtió Zeus.

—Lo entiendo, en cualquier caso preciso vuestra presencia cerca de la nave real en cinco días, no sé lo que ocurrirá, pero no me fío de este general, tengo la sensación de que trama algo —dijo Ra.

—Intentaremos ser meticulosos con el castigo proporcionado, en mi caso he practicado mis habilidades, primero con animales, árboles y finalmente con humanos —contestó Zeus.

—¿Era necesario matar a humanos? —preguntó Ra.

—Créeme, para construir algo siempre sufrirán algunos en el camino, también he meditado mucho la información que nos transmitió Cronos, no soy tan sabio como mi hermana, tengo claro que tenemos habilidades diferentes cada uno, pero puedo llegar a ser un gran dios llegado el momento —afirmó Zeus.

—Contamos con vosotros, procuraré que esté todo dispuesto para cualquier situación —concluyó Ra.

En Titania todo sucedía de forma muy diferente a lo acordado, en estos años sucedieron varias cosas. En primer lugar no explicaron en ningún momento el conocimiento de los demonios, que así se llamaba la especie con la que se aliaron sin que nadie lo supiera.

En el transcurso de la nave para traer el conocimiento anunaki a Titania usaron a Daimon en su beneficio, leyó la mente a los titanes que tenían capturados, pudieron dar con todos sus escondites, con su armamento secreto y, de hecho, gracias a él evitaron un posible ataque final que habían planeado los titanes rebeldes.

La nave con todos los conocimientos de los anunakis aterrizó primero en el planeta Tiamat, no había más que algunos destacamentos de colonias cercanas, faltaba aún reunir a muchos de diferentes familias y ponerse de acuerdo en un objetivo común.

Después de copiar los datos se dirigió directamente a Titania, meses después llegó a las manos de Akkad lo que tanto anhelaba, en ese instante avisó a Daimon para tener una reunión y abrirlo en su presencia.

Lo sacaron de la nave y no era lo que se imaginaba Akkad, ni siquiera el propio Aban, era un artefacto horizontal, levantado entre cuatro, tenía unas barras para transportarlo.

Pesaba una barbaridad, lo cierto es que no era solo un disco de datos, era otra cosa más complicada para descifrar.

Los científicos lo estuvieron examinando y finalmente pudieron conectarlo a un proceso de datos compatible, al fin pudieron acceder a todos los datos, unas horas más tarde lo copiaron todo y se pudo estudiar entre varios en diferentes zonas de trabajo.

El demonio no estaba tan convencido de haber sacado todo el potencial a ese aparato, cuando pudo estar a solas puso sus manos encima y cerró los ojos. De alguna forma transmitía algo que no podía explicar en palabras.

Él no comunicó nada al respecto, pero esta tecnología no era anunaki, por supuesto lo adquirieron en otro planeta y lo reutilizarían para otro fin, quizá no sabían lo que era, o quizá sí lo sabían, pero han muerto en Nibiru los que conocían ese secreto.

Había leído de ese diseño en alguno de sus pergaminos, se hacía llamar Arcas de la creación, era un arma para crear vida o destruirla. No informaría de este hecho a nadie de los presentes, su cultura estaba acostumbrada a manipular a los demás por un bien mayor.

Estaba convencido de que Akkad no era digno de esa ventaja en esta contienda en concreto, ya ganó posibilidades de ganar con los conocimientos de los anunakis por lo que veía justo no decir nada más.

Al día siguiente el científico mandó a llamar al demonio para hablar sobre el nuevo portal, había muchos detalles para finalizar ese proyecto.

—Tengo claro que este portal solo lo puedes conectar tú, pero el general, después de verte usarlo en varias ocasiones estos años, exige viajar a tu planeta por última vez, la vez anterior fue algo confuso y no quedó satisfecho —dijo Aban.

—Mi planeta no está hecho para tu especie, soléis desmayaros por el poco oxígeno que hay, los gases tóxicos también hay que tenerlos en cuenta y estoy algo harto de ese comportamiento de exigir cosas. He cumplido hasta ahora con mi parte del trato y vosotros aún no encontrasteis a nuestra compañera demonio, espero que en los documentos esté lo que busco, sino me iré para no volver —respondió Daimon.

—Nos prometiste en el caso de entrar en conflicto que tu especie nos apoyaría en la batalla, te aconsejo no llevarle la contraria en ese aspecto al general. En otros temas entiendo tu punto de vista, es muy terco, hablaré con él —contestó Aban.

Unos días después desglosaron toda la información, o al menos lo que estaban buscando, dieron con el lugar de la demonio, era una prisión cerca de una colonia, prepararon una nave de inmediato.

En la nave subieron cinco soldados, Daimon y el propio Aban, pero justo antes de despegar el general insistió en sustituir a uno de los soldados, ya nombró a un teniente que se encargaría de todo mientras estaba fuera.

En el trayecto a la prisión revisaron con detalle la información que tenían de ella, como ya dijo Daimon la capturaron en un principio para estudiarla e intentar clonarla. Esa especie tiene una serie de peculiaridades únicas, en concreto les interesaba la longevidad, o al menos al que inició la investigación.

Su nombre era Lilith, en principio seguía en esa prisión y en el caso de que siguiera con vida era una oportunidad para Daimon de tener descendencia en su planeta.

Cuando llegaron a la prisión accedieron a los datos de seguridad, vieron el suceso de fuga y otros acontecimientos posteriores al fallar algunos sistemas.

Una vez localizaron su celda acudieron a buscarla y no tenía campo de fuerza, estaba vacía, suponían que huyó del lugar, pero Daimon sentía algo muy próximo a ellos.

Volviendo a su nave, en el hangar había aún una nave que no llegó a usar ninguno de los presos, sin mediar palabra Daimon se dirigió a ella, se acercó a la puerta y esta se accionó automáticamente. Una vez dentro, sin haber estado nunca antes fue directamente a una cápsula de salvamento sin ser inyectada. Dentro había una chica dormida.

Avisó a los demás y subieron a la nave, era Lilith y estaba aún viva, en sueño suspendido, pero viva.

Los soldados cogieron la cápsula y la subieron a su nave, se suponía que volvería a Titania, pero Akkad tenía otra cosa en mente, ordenó a los soldados que se dirigieran a la colonia, estaba muy cerca, era el planeta más próximo de hecho.

La colonia era de los Ainus, el planeta se llamaba Anubis, en principio era una decisión muy peligrosa, no tenían mucha simpatía con los Nagas pero Akkad buscaba más aliados.

Al llegar a la capital les escoltaron dos naves, pudieron aterrizar sin problemas, pero al salir de la nave exigieron que solo uno de los pasajeros bajara desarmado. El general salió con las manos en alto, se reunió con un representante del rey de Anubis, era un lugar mucho más próspero de lo que fue Titania, sin ninguna duda.

—¿Eres causante del desastre de Nibiru? —preguntó el representante.

—No, solo vengo para proponer una alianza, somos algunos miles de los Naga que sobrevivimos en otra colonia por motivos externos que no vienen al caso.

Pronto tendremos una nueva colonia, algo más pequeña que la vuestra para nuestros suministros y encontramos un planeta del doble de tamaño para reunir a nuestra raza otra vez —respondió Akkad.

—No eres consciente de lo difícil que puede ser conseguir acabar esos dos proyectos, eres demasiado ambicioso, general —comentó el representante.

—Puede ser, pero no pienso en mí, pienso en nuestra casa, pienso en nuestra especie, no creo que sea algo malo querer volver a reunir a las colonias en una alianza —replicó Akkad.

—Si pudieras hacerlo solo, no pedirías ayuda, no lo haces por los anunakis, lo haces para poder crear tu propia casa y tener el control —añadió el representante.

—Informad de ambas ubicaciones al técnico de comunicaciones, estaremos en contacto en cuanto estudiemos los datos. Podéis marcharos —concluyó.

Salieron del planeta en dirección a Titania, una vez llegaron, pudieron despertar a Lilith que estaba muy grave por su estado físico.

El demonio quería llevársela a su planeta y Akkad no estaba de acuerdo, la tuvieron unos días estabilizada, mejoró bastante pero no tenían lo que necesitaba.

Una noche, Daimon raptó a Lilith de la enfermería y se la llevó por un portal, cuando lo descubrieron se dirigieron al portal para intentar vigilarlo por si otro viajero aparecía.

Al día siguiente Akkad fue al portal muy enfadado y justo en ese momento se activó, aparecieron tres demonios, eran más fuertes que Daimon, algo más maduros, pero lo cierto es que no se fiaban lo más mínimo de los anunakis.

—Venimos a ayudarte, Lilith está a salvo recuperándose y Daimon tiene informes pendientes por acabar —dijeron los demonios.

—Exijo que vuelva y traiga a Lilith, era mi baza para negociar, ahora no tengo nada, esto no es lo que acordamos —respondió Akkad.

—No nos subestimes, sabemos perfectamente lo que piensas y lo que hablaste con él, siempre cumplimos nuestras promesas, te ayudaremos y en el momento que Daimon esté disponible, volverá si es necesario —contestaron.

—Necesito que vayáis a la Tierra y recopiléis información de la forma que veáis conveniente, podéis disponer de nave y soldados —ordenó Akkad.

—No es necesario, dos de nosotros iremos a la Tierra usando portales, pero uno de nosotros se quedará contigo —aclararon.

—Espero noticias vuestras, iros —zanjó Akkad.

En realidad el demonio no se quedaba por Akkad, sino por el arca, era muy necesario que la custodiaran y si era necesario llevársela de ese planeta.

Los demonios se transportaron a la Tierra, cada uno apareció en un punto diferente, después de semanas andando pudieron ir encontrándose puntos civilizados, si bien estaban muy camuflados con túnicas, necesitaban en muchas ocasiones borrar recuerdos.

Pero lo más importante era leer sus mentes, para saber los planes de Ra o de cualquier gigante que tuviera conocimientos importantes. Ellos aún no lo sabían pero tardarían siglos en volver a su planeta.

En Titania dispusieron de la gran mayoría de habitantes del planeta para irse a Tiamath, se quedaron solo veinte para hacer una última incursión a la Tierra, antes de iniciarlo se comunicaron con el planeta Anubis.

—Solicito comunicación con el rey de Anubis —pidió Akkad.

—No eres tan importante, Akkad, como para que el rey hable contigo, ahora mismo está enfermo y seguramente uno de sus hijos lidere en su lugar, tendrás que volver a negociar conmigo —respondió el representante.

—Estamos preparados para hacer una incursión en el planeta que te comenté, hay posibilidades de resistencia, se envió nave semilla pero no evolucionó bien el proyecto —explicó Akkad.

—Podemos apoyarte con cuatro naves, solo con ocho ocupantes que podrían luchar por ti, pero exigimos el 40 % del oro —propuso.

—No estoy conforme con esa cantidad… —protestó Akkad.

—Creo que pierdo la señal… —ironizó el representante.

—Está bien, está bien… pero sigo opinando que es un insulto que no me conteste el rey directamente —cedió Akkad.

—Estupendo, envía las coordenadas y la hora estimada, allí estaremos, ha sido un placer hacer negocios. Esto puede asentar las bases de una alianza, si eso ocurriera nos uniríamos a tu proyecto del planeta que mencionaste —afirmó el representante.

—Tu arrogancia la tendré presente, espero que todo salga bien —concluyó Akkad.

En el presente, en la Tierra, los dioses rodeaban la nave real, algunas naves estaban enterradas en arena en zonas colindantes con el personal mínimo, esperando la señal.

La gran mayoría de autómatas estaban preparados con arcos y gran cantidad de flechas apuntando al cielo y un ejército de humanos con armaduras semilla estaba listo para salir de algunas cuevas.

La nave con el general se acercó al planeta Tierra por fin, aterrizó en la zona designada, pudo ver una cantidad de oro más pequeña de lo que imaginaba.

Salió en su encuentro Ra, Nagi y algunos gigantes más, se aproximaron y se dieron la mano con bastante respeto.

—¿Has venido solo?, esa nave es la única que trajiste… ¿dónde están los nativos de Titania? —preguntó Ra.

—Acordamos que me daríais todo vuestro oro, eso es un insulto a mi presencia, vais a pagarlo caro —respondió Akkad.

—Te repito otra vez que esto es lo acordado, de hecho no estoy en ninguna obligación en seguir con las leyes de Nibiru, esto es más una muestra de cortesía para el nuevo planeta —replicó Ra.

El general con una extraña sonrisa, levantó el brazo con una pistola de gran calibre y apuntó a Ra en la cabeza.

—¿Cuántas veces quieres morir? —preguntó Akkad.

El dios Zeus levantó un dedo en el aire apuntando a Akkad, aunque un fino rayo salió de su dedo, en realidad marcaba el destino de lo que vendría después. En un parpadeo un rayo cayó del cielo y dio muy cerca de Akkad.

En las zonas cercanas a él, cayeron al suelo del impacto pero el general se mantuvo en pie, tenía un escudo personal en el cinturón, por lo que no le afectó el rayo.

—¿Esos son los dioses que me dijo Nagi?, no veo que sean tan temibles la verdad —comentó Akkad.

El dios Hefestos saltó en el aire y estampó su hacha casi rozando a Akkad, le hizo un corte en el hombro sin importancia, al levantar el hacha del suelo, Akkad disparó al mango destruyendo el hacha. El dios cerró el puño y dio un golpe lateral que envió al general unos metros por el aire hasta caer al suelo y darse con una piedra en la cabeza.

El general se levantó de forma pausada, sangraba por la frente y se le notaba algo cansado, sacó una pistola pequeña de un paquete y se la inyectó en el cuello, le dio algo de adrenalina.

En ese momento los veinte mejores soldados a sus órdenes entraron en acción, disponían de sistemas antigravedad, escudos, armas láser, explosivos y grandes habilidades.

Los autómatas más cercanos soltaron el arco y se armaron con espadas, una pequeña oleada de humanos salió de una cueva.

En el cielo aparecieron dos naves del planeta Anubis, se inició el efecto dominó para defender la zona de los gigantes. Las cuatro naves enterradas, algo más pequeñas, emergieron de la arena creando un leve escudo de fuerza que limitaba el armamento de las naves en esa zona.

La nave real disponía de un rayo potente, pero solo podía dispararlo al cargarse, por lo que tuvo varios intentos.

Los autómatas lanzaron varias flechas sin éxito a las naves, ya estaban avisados de su efectividad, los humanos morían con facilidad a manos de los soldados.

Los dioses se tomaron más en serio el conflicto, Zeus y Poseidón entraron a lo bruto dándolo todo, mataron a dos soldados en poco tiempo. El general preparó un gran explosivo y lo lanzó a la nave real, en ese momento Ra entró en acción, usó el metal de su brazo para coger la bomba como si fuera una cuchara y la usó contra los soldados. Explotó matando a varios y el metal tardó un tiempo en reunirse otra vez.

Al estar concentrado en el metal el general le clavó un cuchillo a Ra por la espalda, este cayó al suelo de rodillas. Al fin Nagi se agarró del cuello del general por su espalda y lo intentó ahogar con un cable extensible que tenía en la muñeca.

Mientras tanto los humanos ganaron terreno contra los soldados, pero Zeus se descontroló, reunió mucha energía enfocada a la zona y electrocutó a todos, incluidos los humanos.

Las naves enemigas destruyeron una de las cuatro naves y el campo de fuerza se perdió, iniciaron el conflicto aéreo hasta que todas fueron destruidas.

En un momento dado el general recobró el control de su intento de ahorcamiento y volcó a Nagi contra el suelo, le puso el pie en el cuello y se rio de forma absurda.

—¿Es esta tu querida alianza, Ra? Estás acabado, todo por no darme lo que es mío por derecho —dijo Akkad.

El líder de la alianza, Ra, estaba en el suelo con mucho dolor en el costado y aunque le superaban en número, estaba claro que le matarían, seguía sin sentir que había ganado.

En ese momento de una cueva cercana apareció Daimon, a través de un portal con otros demonios trayendo el arca, por descontado nadie de los presentes sabía quiénes eran excepto Akkad.

Dejaron el arca en el suelo y se dirigieron a Ra en la distancia.

—A los presentes, tengo un trato con el general por motivos que no vienen al caso, si tengo que enfrentaros saldréis perjudicados, preferiría llegar a un acuerdo —declaró Daimon.

—Eres un maldito traidor, dijiste que combatirías a mi lado —respondió Akkad.

—Cumpliré con mi cometido, pero si Ra no te mata no tengo por qué derramar más sangre —replicó Daimon.

—El general se merece morir con creces —afirmó Ra.

—Estoy de acuerdo, pero hay normas para todas las decisiones importantes, si no lo matáis en este momento, seguiremos el conflicto de otra manera. A mi forma de ver aprenderíamos todos de ello —añadió Daimon.

En ese instante se materializó el dios conocido como Hades, por alguna razón Daimon sabía lo que era, pero en ese momento no lo explicó.

Se acercó andando de forma extraña a Akkad, este le disparó varias veces asustado y finalmente le tocó el hombro.

Lo absorbió mientras gritaba de agonía el general y se convertía en el propio Hades, al acabar se giró, hizo una señal con los dedos y desapareció.

Por lo sucedido los demonios se expandieron y lucharon, los dioses se enfrentaron a los tres que le acompañaban, pero Daimon luchó contra Ra de una manera muy agresiva.

El dios Hefestos le pasó una espada y un escudo a Ra, tenían alguna mejora interesante, pero básicamente era que vislumbraba los golpes, pudiendo aguantar mejor el combate.

Los dioses no tardaron en matar a uno de los demonios, eran muy rápidos, lanzaban pociones que explotaban y eran fuertes, pero estaban acostumbrados a manipular la mente para tener ventaja. En este caso al luchar con autómatas mejorados no tenían oportunidad.

Salieron más humanos de las cuevas para apoyar el combate pero al llegar a la zona de conflicto los demonios comenzaron a manipularlos, atacaron todos a los dioses con sus brazaletes.

Pasado un tiempo prudencial de Ra luchando contra Daimon, varios gigantes aparecieron en el conflicto, no querían intervenir para usar a los humanos de carnaza, pero era hora de combatir.

Vio Ra el momento idóneo para volver a usar el metal de forma más segura, y lo usó para envolver a Daimon y poder inmovilizarle, pero el metal era muy limitado y no conseguía agarrarlo bien.

Varios soldados se enfrentaron contra Daimon directamente, les esquivó en varias ocasiones pero finalmente le cortaron un ala entre varios, este gritó de una forma muy animal, se enfureció bastante.

Finalmente Ra creó una lanza metálica para matarlo y la usó contra él. El artefacto atravesó su pectoral izquierdo y de forma muy ansiosa Ra se acercó a él para verle de cerca pero Daimon aún estaba con vida y desgarró la cara de su contrincante con la garra derecha dejándole en carne viva.

Al recibir ese golpe Ra cayó al suelo pero el metal reaccionó de forma anómala, se expandió en muchas direcciones destrozando el cuerpo de Daimon en varios pedazos, para luego volverse una esfera otra vez, aún estaba vivo pero estaba en las últimas.

Los dioses finalmente mataron a todos los demonios, se llevaron por delante a los humanos manipulados y algunas montañas cercanas también.

Por cosas del destino aparecieron cuatro naves más del ejército de los Ainus, pero de la nave real hubo un despliegue de gigantes total en el desierto y advirtieron con mensajes a los comunicadores de que había un alto el fuego.

El científico Ceo se acercó a Nagi y le explicó que había estado hablando con un representante del planeta Anubis en el cual viven los Ainus, le explicó que tenían un trato con el general y que no buscan más guerra por el momento, se llevarían el tributo que prometió Ra en un principio, si le parecía bien.

La primera al mando en ese instante, Nagi, estaba algo saturada por la situación pero asintió con la cabeza, después acompañó a Ra con más soldados para que lo atendieran en la nave para que se recuperara.

Aterrizó una de las naves y las otras se quedaron quietas en el aire preparadas para cualquier cosa, de la nave principal salió un séquito de soldados, los Ainus tenían un diseño de armamento muy diferente al resto de anunakis hasta ahora visto.

Sus armaduras eran más parecidas a joyas y se iban modificando según sus necesidades, usando paneles en el brazo, protección, armas…

El representante del rey se acercó a Ceo directamente, lo miró con un aire muy pretencioso, observó todo el territorio alrededor y se agachó para coger algo de arena, para desligarla por su mano.

—Como ya comentamos nos llevaremos el oro que teníais preparado, pero volveremos en diez años, ese es el trato, seréis una colonia de los Ainus a partir de ahora —afirmó el representante.

—Te comenté que no estaban los líderes disponibles para hablarlo, pero me parece justo que te lleves el tributo, nos superáis en número y nosotros en recursos —respondió Ceo.

Por un instante el enviado se fijó en el arca, estaba donde la dejaron los demonios y nadie tenía muy claro qué era ese objeto, ya que lo tenía el general.

—Reclamo también eso de allí, solicito su extracción y cualquier dato que tengáis sobre ese objeto —añadió el representante.

—No sabría decirte, unos aliados del general lo trajeron, no he podido aún ni acercarme a observarlo —contestó Ceo.

Se acercaron los dos al arca curiosos, Ceo después de observarlo un poco pudo revelar alguno de los usos del objeto, pero no dijo nada.

Los Ainus se acercaron para agarrar las barras que tenía el arca en la parte de arriba y se disponían a subirlo a la nave, pero justo al llegar a la rampa se advirtieron de una explosión.

Desde la nave real Nagi activó varios explosivos de iones lanzados a las naves de los Ainus, las cuales cayeron en el desierto sin muchos daños.

Por la detonación durante un periodo de tiempo no funcionarían las naves en esa zona, pero el desconcierto hizo apuntarse los unos a los otros por desconfianza.

Aparecieron de la misma cueva anterior varios demonios más, uno de ellos era Lilith con mucho mejor aspecto, sin detenerse fue directa a donde estaba Ceo y los Ainus, se abalanzó sobre el representante y le mordió el cuello.

Le absorbió gran parte de la sangre, se posicionaba de una forma muy salvaje, al ser más baja de estatura inmovilizaba a su víctima rodeándole con los brazos, las piernas y levitando brevemente volando con las alas.

Los demás demonios agarraron a Ceo y se lo llevaron al portal, con el arca, aparecieron en otro portal en otro continente de la Tierra, dejaron a Ceo, el arca y una serie de instrucciones para preservar y estudiar el arca.

En la zona del combate los dioses llegaron a la zona de las naves que cayeron y las destruyeron una a una, algunos de los pasajeros pudieron huir de la nave.

Los autómatas se acercaron de forma pausada rodeando a los demonios y Lilith descartó ya su cena, tirándola al suelo y salió volando hacia la nave real, se posó en la parte de arriba, se sentó con las piernas cruzadas a meditar.

Los demás demonios lucharon contra los autómatas, los dioses no tardarían en aparecer para dar el golpe de gracia a los demonios.

El meditar de Lilith era para concentrarse en algunos tripulantes concretos de la nave real, la nave era nuclear, muy antigua e inestable. Tenía ya muchas modificaciones, llevaba mucho posada en ese lugar y no volvería a viajar por el espacio. La descarga de iones hizo que se sobrecalentara el sistema de energía nuclear por fallar los sistemas tanto tiempo.

Los manipuló para sobrecargar la nave de diferentes formas, por si fuera poco hizo que comunicaran un mensaje para que todos los gigantes de la zona se acercaran a la nave para reagruparse.

La demonio se puso en pie, miró todo su alrededor y alzó el vuelo orgullosa, agarró a sus dos compañeros del brazo, los lanzó al aire y pudieron estabilizar su vuelo, los autómatas les lanzaron algunas flechas sin éxito.

Al aterrizar en la cueva anterior, mientras preparaban el portal con los dados, los dioses se apresuraban corriendo para alcanzarlos, Zeus lanzó un rayo de su brazo y un demonio saltó para que le impactara de lleno.

Activaron el portal y mientras huían, otro rayo dio en la cueva destruyéndola, pero ya se habían marchado, en ese instante se giraron los dioses por una emisión extraña de energía proveniente de la nave real.

Una luz cegadora surgió de ella y una explosión devastadora arrasó con todo a su alrededor, los dioses se levantaron de los escombros horas más tarde con muchas preguntas, que tiempo después le aclararían en el Olimpo otros gigantes.

El final de Ra no estaba escrito pero al parecer esa conciencia nacida como una simple semilla ha vivido más de lo que estaba establecido, para su espíritu ha pasado una eternidad, no sabe quién era, qué es o cómo será en el futuro.

Su ser lleva flotando desde bastante tiempo, atravesó la explosión al morir, luego la atmósfera, después dejó atrás la Luna, para después pasar cerca de Venus y de Mercurio…

En ese trayecto no era consciente de qué tipo de sueño era el que vivía, no sabía que estaba muerto, ni tenía claro qué camino iba a escoger pero…

Al abrir los ojos tenía el sol delante, no hay palabras para definirlo, su cuerpo no estaba presente pero aun así quemaba de una forma inimaginable, era indescriptible la sensación de lo diminuto que parecía un ser como Ra, delante del sol.

Al llegar a su primera capa de llamas, el terror se apoderó de él, no podía moverse, ni apartar la mirada pero él sentía que se le quemaban los ojos, la piel, los órganos, no había forma de describirlo.

Una vez dentro las preguntas se multiplicaron por cientos, al pasar por las diferentes capas del sol notó cada vez menos calor y llegó un momento que notó luz, luz celestial.

Esa luz dejó de cegar para dar paso a un mundo maravilloso y terrorífico a la vez, existía un planeta invertido dentro del sol, una corteza cóncava donde grupos de miles de millones de seres vivos se aglomeraban como seres de luz con un propósito. Rezaban a una figura inconmensurable en el núcleo del planeta.

Él seguía levitando hacia él, despacio pero sin pausa continuaba a su encuentro, pudo fijarse Ra de forma muy sutil que existían diferentes especies que le rezaban, todo tipo de humanoides, algunos de pie, otros de rodillas, otros meditando...

Al estar ya muy cerca del ser colosal en el centro del núcleo, Ra se detuvo y pudo volver a moverse levemente, pero seguía estático en ese punto, en su presencia.

El ente que tenía delante, era similar a los anunakis por su cuero y la forma de la cabeza, pero el tamaño que tenía era colosal, a su lado Ra no era ni una pestaña suya.

No tenía los rasgos muy definidos, sus ojos no mostraban iris, su posición parecía fetal pero desprendía gran poder sin hacer nada.

Sin mediar palabra, solo con su pensamiento le preguntó a Ra de forma muy poderosa...

—Tengo una misión para ti, necesito que vuelvas a la Tierra para que lideres una rebelión contra los anunakis que pronto conquistarán el planeta —dijo el Hacedor.

—¿Por qué yo?, sospecho que tienes muchos medios para conseguir tus objetivos —respondió Ra.

—Los auténticos dioses como el que te está hablando tenemos normas, no podemos intervenir directamente en ciertos acontecimientos, aun así desvié un meteorito para destruir a los anunakis... —explicó el Hacedor.

—No es que me moleste esa información, pero ¿por qué lo hiciste? —preguntó Ra.

—Se hizo así siempre y seguiremos haciéndolo igual, cuando una civilización tiene tanto poder como ellos, hay que diezmarlos, no extinguirlos pero es importante un control de natalidad en el universo —contestó el Hacedor.

—Pues sea cual sea mi destino estoy en tus manos, haré lo que pueda —aceptó Ra.

—Perfecto, semilla, y recuerda, eres la espada de Dios, tienes que levantar una rebelión en mi nombre —concluyó el Hacedor.

En ese instante Ra sintió una presión que lo impactó contra la Tierra de una manera fugaz y similar a un disparo, al llegar a la Tierra, se reencarnó y perdió todos sus recuerdos... hasta que pudo tener la visión adecuada de su futuro y del resto de la humanidad.

14

Piedras en la eternidad

Las guerras continuaron entre los gigantes y nuevos visitantes al planeta; los autómatas sirvieron bien a sus amos.

La mayoría vigilaban el templo de los dioses, la fragua y los demás repartidos en las capitales importantes. Pero algunos acabaron en lugares recónditos como refuerzo de los soldados; con el paso de miles de años finalmente fueron olvidados, un recuerdo vago de lo que fueron y convirtiéndose en estatuas curiosas que no sabían hacer funcionar por extraviar los brazaletes.

Generaciones después muchos humanos los estudiarían, encontrarían pergaminos escondidos en templos donde describirían su origen, historia y funcionamiento. Procurarían replicarlos; en la mayoría de intentos no lo conseguirían, por lo que acabarían diseñando simples máquinas con engranajes, imitando las creaciones originales, convirtiéndose en una sombra de lo que fueron.

Se construyeron ciudades impresionantes, algunas derrocadas antes de tiempo, otras por cataclismos naturales, en casos extremos destruidas por los propios dioses como castigo.

Los gigantes acabaron viviendo bajo tierra; su presencia con los humanos llegó a extremos que no podían convivir con ellos, se sentían amenazados por su numeroso grupo en el planeta.

Ya no les tenían miedo a los gigantes, no veían una presencia divina en ellos, simplemente seres diferentes y peligrosos.

Crearon ciudades hermosas en lugares recónditos, sitios de difícil acceso o custodiados por los autómatas; se convirtieron en su hogar.

Después de siglos viajando por todo el planeta haciendo justicia en pequeños conflictos humanos, miles de años después de las guerras con otros visitantes, los dioses estaban pensando en un cambio.

Ellos eran cada vez menos visitados, podían estar años sin moverse y llegó un momento en que decidieron huir del templo y buscar un lugar recóndito donde esperar a ser otra vez necesarios para la humanidad.

Dios Zeus

Al final se separaron. Zeus fue a la montaña más alta de la Tierra; se dirigió a ella a pie y pensaría qué hacer al llegar allí.

Tardó años en llegar, destruyó bosques enteros a su paso, hizo huir a manadas de decenas de animales y destruyó alguna casa en el trayecto.

En la cima asentó su presencia sobre unos trozos de hielo que tenían forma de asiento; crujió y lo rompió en parte para, al fin, descansar sentado en ese lugar congelado.

El más poderoso a ojos de la humanidad fue Zeus; era quizá el que llevaba más siglos sin dejarse ver. Solo en lo alto de aquella montaña el hielo había formado unas barbas en su cara.

En algún momento acabó totalmente quieto, inmortal, solo, y a día de hoy allí sigue, esperando bajo el hielo a que la humanidad lo rescate de su propia inmortalidad. Esa humanidad que tendrá eternamente la maldición de no ser digna de su presencia, ni ahora ni nunca.

DIOS HEFESTOS

Como en anteriores ocasiones volvió a la fragua del castillo subterráneo, instaló en ese lugar humanos hace años y les ayudó a fabricar su proyecto final de autómatas; no eran similares a los creados por Cronos, eran simples juguetes en comparación.

Pero ideó con ingenieros cientos de piezas necesarias para fabricarlos en metal y eran útiles en ciertas actividades diarias; algunos funcionaban con cuerda, otros con vapor, proyectos muy interesantes.

Pero lo que pasaría más a la posteridad fue su fabricación de armas, aleaciones, armaduras y todo tipo de creaciones que perfeccionó con los humanos.

Pasaron siglos después de esta cooperación con ciertos herreros artesanos, que pasó de padres a hijos su adiestramiento, pero cada vez iban menos a la fragua a visitarlo, hasta el punto de que olvidaron el trayecto, saltándose alguna generación de herreros.

El dios Hefestos fue olvidado después de un terremoto y un bloqueo total en la gruta para acceder a la fragua; nunca más pudo volver a salir.

DIOSA ATENEA

Inició la biblioteca más grande que ha conocido la humanidad en toda su historia; en ella intentó salvar el conocimiento anunaki al que tuvieron acceso, al menos. Por desgracia, siglos después fue quemada por conflictos humanos; siempre se lograba salvar parte y reunirla en un nuevo lugar, pero las guerras siempre acababan en llamas en los lugares del conocimiento.

Procuró que todas las civilizaciones tuvieran parte o todo el conocimiento; templos con sacerdotes protegieron ese saber de la humanidad, pero la mayor parte lo controlaron líderes poderosos que no eran dignos de ese conocimiento.

En grandes civilizaciones hubo batallas épicas donde diferentes culturas se destruían entre sí; en la mayoría de los casos los sacerdotes sobrevivían por tener una mayor aceptación entre los ciudadanos nativos de esos lugares conquistados. Esos sacerdotes transmitían sus conocimientos con la nueva religión del país que imponía sus creencias.

Las leyendas se cuentan desde diferentes puntos de vista, con gran variedad de testigos; la verdad es muy relativa dependiendo de cómo se transmita.

Los registros de esos momentos divinos de la humanidad, de los dioses y más momentos memorables de la creación de los humanos fueron descritos en diferentes libros, cada cual adaptado por distintos humanos.

La verdad descrita era una forma de educar a la población, usando la religión como piedra angular del poder, conocimiento y moral.

En un inicio eran religiones politeístas, con varios dioses; con el paso de las generaciones, siglos después, se dieron cuenta de que es más fácil dominar a los ciudadanos con un solo Dios, por lo que muchas se decantaron por religiones monoteístas.

El resto de dioses pasaron a un nivel inferior como ángeles o seres semidormidos; lo importante es que Zeus, en este caso, fue el dios principal.

En el caso de Atenea, como en otros dioses, la bautizaron con diferentes nombres en lugares muy alejados entre sí.

Dios Hades

La creación de Hades siempre fue accidentada. Hefestos lo descartó cuando intentó crear otro dios por primera vez; supuso que era un cascarón vacío.

Pero la realidad es que el hechizo de las runas y la sangre del planeta lograron su cometido; en su caso, creó un dios que no estaba en esta dimensión exactamente.

Como el resto de dioses, tenía habilidades de Cronos; muchas de ellas no sabía controlar o cómo usarlas. En este caso podía materializarse en diferentes lugares y manipular levemente su entorno.

No tuvo más trato con el resto de sus hermanos hasta mucho tiempo después, pero siempre lo consideraron un fantasma en todas sus apariciones, quizá el dios de la muerte.

Dios Poseidón

Usó su ira con algunos poblados o ciudades que no merecían existir, desviando grandes olas para destruirlas; por lo general se convirtió en el dios más vengativo de todos.

Con descripciones similares se nombraban los mismos seres poderosos con diferentes nombres; cada vez se dejaban ver menos, por lo que el destino de la humanidad acabó en sus propias manos.

En el caso de Poseidón accedió al interior de la Tierra a través del océano, construyó un túnel a través del agua con su tridente.

Al llegar a grandes profundidades localizó unas grietas que daban acceso a túneles donde explorar lugares recónditos, cuevas donde había extensiones sin agua, lugares donde la vida continuó su camino evolucionando.

En algún momento, años después, pudo acceder a ciudades escondidas de los gigantes a través de esos caminos inundados y logró colaborar con ellos en futuros conflictos.

HUMANOS Y GIGANTES

Durante miles de años desde su llegada explotaron a los humanos en canteras, minas, construcciones, esclavitud y mano de obra.

Eran seres vivos muy similares; es más, el ser humano demostró miles de años después que era capaz de ser mucho más creativo en lo retorcido y en integridad.

En cualquier caso, excavaron ciudades subterráneas, depósitos de agua, explotaron minas de forma desmesurada, construyeron grandes monumentos, edificaciones y pirámides con la muerte de miles de humanos sustituibles.

La tecnología de los gigantes no pudo ser replicada con mucha exactitud; se necesitó improvisar muchos materiales y uno de ellos fue la piedra líquida.

Un tipo de ave autóctona de unos acantilados era capaz de masticar una serie de semillas, entre ellas la planta de jotcha, y junto a su saliva deshacía la roca formando así sus nidos en cavidades del acantilado.

De esta forma idearon una mezcla más sencilla y manejable, con algunas mejoras, para fabricar piedras de cualquier forma o tamaño y poder construir grandes edificaciones por todo el planeta.

Ese tipo de tecnología se perdería con el tiempo y en cada localización se solía usar los materiales disponibles de la zona para replicarlo sin éxito, por lo que no eran exactamente los mismos materiales ni composición.

Pudieron usar materiales compuestos de los gigantes en un principio en la construcción, como la fibra de carbono, grafeno, polímeros…

Algunas generaciones después se tuvo que improvisar, por falta de tecnología o por no transmitir conocimientos, y usaron todo tipo de materiales como pieles, arcilla, cemento, piedra, paja, pizarra, hielo, madera, ladrillo, bloques, vidrio, huesos, metales…; combinaron distintas opciones para mejorar los resultados.

Fabricaron diferentes tipos de cemento, por ejemplo, con distintas propiedades; al mezclarlo con ceniza volcánica y cal viva las propiedades se reforzaban cada año transcurrido desde su construcción; al agrietarse por cualquier motivo la cal realizaba una función de autorreparación.

Los humanos fueron la mano de obra necesaria para lograr estas grandes construcciones que tenían varios usos, pero para ellos eran símbolos que representaban a sus creadores.

Las construcciones más importantes fueron en forma de diversas pirámides; tenían funciones de concentrar ciertas energías del planeta enfocadas a un flujo continuo dentro de las mismas, ya que estaban construidas en puntos magnéticos estratégicos.

Esa energía, que no tenía ningún uso concreto, era un flujo natural del planeta muy sensible, pero una vez finalizaba su recorrido podía recogerse y almacenarse sin peligro de alterar el equilibrio.

Desde entonces se pudo aprovechar la energía alimentando generadores eléctricos para que los gigantes pudieran disponer de ellos a su placer.

Los humanos, como siempre, cumplían las órdenes de sus creadores; aprendían todo lo que necesitaban para obtener su agradecimiento, hasta el punto de que, si sabían demasiado, los mataban para no desvelar secretos de su verdadero funcionamiento.

En la Tierra aún quedaban una decena de vimanas de Titania que pudieron ser rescatadas y algunas naves de diferentes casas anunaki debido a distintos ataques en la historia.

Todas ellas necesitaban mantenimiento constante y, hasta que no fueran los gigantes más numerosos, no saldrían del planeta a rastrear.

Pudieron llegar a construir un gran laboratorio usando material de las naves averiadas para tener una edificación más controlada y vigilada, para continuar creando más semillas si fuera necesario.

El líder de ese proyecto experimentó de forma desmesurada y sin control; realizó cientos de mutaciones mezclando el ADN semilla y todo tipo de animales.

La gran mayoría no sobrevivieron, pero en algunos casos sí creó seres con cualidades de varios animales y no solo por divertimento.

Después de años de investigación pudo crear hasta tres homínidos diferentes, usando varias combinaciones de primates, similar a lo que consiguió Anu al llegar a la Tierra, pero mucho más perfeccionado y metódico.

En un lugar apartado como zona experimental desplazó varios grupos de infantes; cada grupo tenía una pareja de semillas que los educarían y protegerían de los animales, infecciones, etc.

La idea es que la naturaleza siguiera su curso; en algún momento se cruzarían con el «hombre» que convivía con los gigantes en ese momento y se matarían entre sí o quizá se adaptarían.

En un continente que comenzaba a desarrollarse en muchos sentidos, millones de humanos llevaban años construyendo ciudades colosales, pistas de aterrizaje para las naves, lugares recónditos y sagrados para meditar.

Los gigantes fueron grandes precursores de la metalurgia; no les interesaban demasiado las armaduras, pero sí las espadas, mazas y escudos.

Pudieron forjar armas únicas en la Tierra, pero muy pocas con cualidades especiales usando materiales que no pudieron replicar.

Muchas armas acabaron escondidas en templos; para los gigantes eran secretos militares que alguno logró esconder por algún motivo; en otros casos simplemente acabaron extraviándose.

En cualquier caso, los humanos adoraban esos objetos sin saber lo que eran en realidad.

Usando componentes apropiados existía la posibilidad de que un líquido se usara como arma incendiaria y no hubiera forma de apagarlo.

Fabricaron catapultas y ballestas gigantes con gran destreza en ingeniería; usando diferentes tipos de componentes arrojadizos eran muy eficaces.

Podían usar la energía del sol para generar un láser continuo que se reflejaba en diversos cristales hasta abrasar al contacto.

Las pirámides les ofrecían una protección limitada a ciertas invasiones, pero ellos no lo sabían; de hecho muchas de esas centrales de energía dejaron de funcionar por el abandono de los gigantes al interior de la Tierra.

En el planeta existían cientos de miles de especies de árboles distintas; muchos de esos árboles tenían hasta diez metros de diámetro y alcanzaban más de ciento cincuenta metros de altura.

Los gigantes analizaron desde su llegada la vida vegetal, en especial los árboles; pudieron percatarse de que eran más sensibles e importantes de lo que parecían.

En realidad era la especie dominante del planeta, si los tenías en cuenta; disponían de un sistema nervioso único en sus raíces, podían comunicarse con otros árboles por señales químicas e incluso con otras especies arbóreas diferentes.

En caso necesario tenían opciones tan curiosas como segregar mayor cantidad de toxicidad en sus hojas para que no se alimentaran los animales que excedieran en gran número a su alrededor.

Algunas especies de árboles podían moverse y desplazarse según necesitaran hacerlo por algún motivo, de manera pausada y lenta.

La madera se convirtió en un material indispensable para construir barcos, casas e ingeniería de guerra.

Según su uso era apropiado un tipo de madera u otra; también se podía modificar su forma natural tratándola con procesos artesanos.

Las maderas de cedro, pino, abeto, olivo, roble, cerezo, caoba, olmo y nogal serían las principales que acabarían usando, cada una para usos concretos de carpinteros y ebanistas.

Los gigantes, que en su planeta natal estaban acostumbrados a alimentarse de forma más industrial y sintética, encontraron en la Tierra la necesidad de cazar, pescar, cultivar y recolectar alimentos.

Eran muy propensos a tener ganadería de grandes mamíferos, monstruosas aves y gran variedad de insectos enormes.

La pesca era muy necesaria, sobre todo en las costas y en islas; por lo general se preparaban grandes redes en alta mar o cerca de la costa.

También había pesca más concreta para atrapar grandes piezas usando cebos con una caña de pesca o lanzas.

Todas las profesiones explotadas por los gigantes en unos pocos miles de años pasaron a controlarlas los humanos de forma escalonada y adaptándolas para ellos.

Ahora eran los propios humanos quienes controlaban dicho conocimiento; la verdad solo la sabían unos pocos y, a ojos de la humanidad, esos conocimientos fueron entregados por los dioses.

Los humanos eran seres extraordinarios, muchas cualidades a destacar, pero la más interesante y diferente de los gigantes era su creatividad.

Esa creatividad consiguió marcar más el planeta Tierra que miles de gigantes con todo su poder a su alcance.

Siendo los gigantes años atrás los amos del mundo, consiguieron reducirlos a un grupo secundario en la Tierra, haciéndoles ver que no tenían sitio en el exterior y serían más felices viviendo su vida en lugares protegidos, sin acceso a los humanos.

Aunque fuera por motivos egoístas, un grupo inferior a cien personas consiguió eso, entre otras cosas; aunque tardaron varias generaciones en lograrlo, encontraron la forma de manipularlos de forma brillante.

Solo ellos, los sacerdotes, serían dignos de su presencia, también dignos de su cruel venganza si fuera necesario, pero vivían como reyes al fin y al cabo.

Los humanos ya dominaban la Tierra.

Nací, crecí y moriré curioso.

Agradecimientos

Le dedico este libro a mi hija, Arwen, y a mi mujer, Katia.

Contacto:

vortice_verde@hotmail.com
@vorticeverde82
@Robles82

Índice